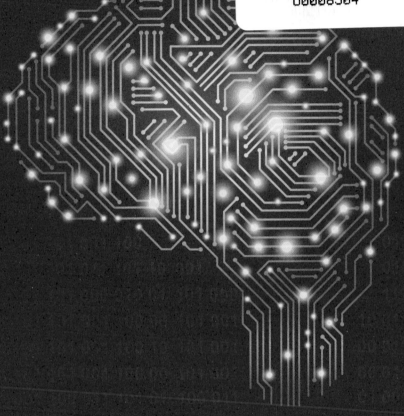

《因為討厭韓國》作者
**張康明(장강명)** —— 著
**陳聖薇** —— 譯

댓글부대

# 網軍部隊

第三回濟州四·三和平文化獎得獎作品

## | 作者的話

個人很榮幸能夠獲得以和平與人權、真實與和解，促進民主主義為目的的濟州四‧三和平文學獎優勝作品。

出生、成長於首爾的我，沒有經歷過濟州四‧三事件，也不甚理解這個事件，這本小說也不是以濟州為舞臺。之所以能夠獲得這個珍貴的獎項，我相信是基於濟州島島民凝聚四‧三的記憶與力量，展望未來，不僅止於濟州島，更包含整個韓國社會。

深深的感受到這個獎項是激勵我成為批判韓國、卻深愛韓國的作家，敦促我寫出這樣的小說。

我感受到這份深意會深深刻印在我心裡，往後也請繼續鞭策我、引導我。

感謝濟州島島民與濟州四‧三和平基金會、濟州四‧三和平文學獎營運委員會的各位，以及評審委員顏武雄老師、玄基英老師、李京子老師、金秉澤老師，往後我會更加努力。

還要感謝 EunHaengNaMu 的各位，以及姜建模組長。

給 HJ，謝謝你，愛你。

2015 年 11 月
張康明（장강명）

## 目次

# 第一章

網軍最重要的任務，
是無時無刻傾聽民眾的心聲、知道民眾的想法

　　正確來說，二〇一二年總統選舉時，由國家情報院所控管的網軍部隊，我們稱為「第一代」。

　　也不能說第一代網軍部隊都是以粗劣、原始的方式執行，他們知道要用情感刺激，而非理性的方式，在大型網站、中小型網站與社群網站也會以對話方式進攻，他們最常用的手法是反覆、強調，雖然這些技巧看起來稍嫌無知，但卻是最重要的策略。

　　當時民間線上行銷業者的程度也差不多，「阿爾萊」就是在這個時間點起步，草創期多半是針對個人診所、衣飾賣場、減肥業者、電影公司、小型遊戲公司等，帶著「即時關鍵字順位提高幾個等級」的提案書上門洽談，用偽造即時關鍵字的手法，或是真的手動作業。

　　而所謂的即時關鍵字，並非單純的提高檢索量，登上關鍵字搜索排行榜的前幾名，而是以關鍵字檢索量增加的速度為依據，所以非常容易造假。

　　這種不需要多強大技術的線上行銷方式，使得網路行銷業者如雨後春筍般不斷出現，採用「阿爾萊」方式的公司，往重質不重量的方式邁進，像是上傳二十字左右假的購買評價這一類的方式。

　　漸漸的，這樣的商品評價走向越來越誇張的境界，可說是到達小說的境界，因為不論是旅行、研習或是留學等商品，都會希望看到有詳細心得的潛在消費者，但又無法為了上傳假的評價內容而讓這些人進行真實體驗，所以就會有業者將簡單的商品內容資訊與事先準備的照片，成立假的部落格上傳，隨後餐廳宣傳也跟上這股潮流。

　　這一類的文章，在「阿爾萊」是車塔卡（찻닷캇音譯）在做的工作，這位是「阿爾萊」的三位成員中文筆最優異的人，他所寫的《兩夫妻的汽車北美大陸之行》就已超過五百張照片，是一部優秀的創作

作品。優異的文筆與感性的用詞，讓這個假的部落格獲選為某入口網站的年度最佳旅遊部落格，同時還有旅行雜誌邀約，但事實上這位車塔卡根本沒有去過美國。

此時網路行銷進化到病毒式行銷模式，病毒式行銷業者會以多數人們不反感的方式傳遞訊息，簡單的說是他們知道如何讓人們上鉤。

「阿爾萊」也學會病毒式行銷的技巧，三宮有許多的小技巧，常常會以拉出「仇恨」的方法進行，最常用的方法就是偽裝是「大醬女」[註1]，留下虛偽的留言。很快的，「大醬女」一詞吸引所有人的目光，明顯的指稱一種群體，所有人同聲指責，一瞬間大家就會將這個問題轉到另一個網站，迅速流傳於各大網站之間。

舉例來說，若要宣傳新上市的氣泡酒，「阿爾萊」就會雇用身材火辣的模特兒拍照，讓氣泡酒不經意的出現在這些照片中，通常這些模特兒會在飯店的泳池畔，穿著比基尼，邊曬著日光浴邊自拍。這些自拍照中，通常會以模特兒為中心，集中在模特兒的胸部或是修長的雙腿，但是其中一個角落一定會出現氣泡酒瓶，以不經意的方式散布這項商品，極其容易產生擴散效果。

而這樣的自拍照，利用刻意開設的臉書帳號上傳，輔以「託某某歐巴的福，讓我有開心的一天……，有好吃的、好喝的，玩得很開心……♡♡♡穿上超性感泳裝，感覺男生的眼光都在我身上，覺得相當有成就感……」這類的文字，接著照片與文字擷圖之後，轉傳到男性會流連的網站，標題改成「看看這等級的泡菜女[註2]」。

不用兩天的時間，這張照片就會轉載到二十到三十個中小型網

註1：指愛好虛榮的女性。

註2：指強調權利不喜義務，強調男女平等，實質上卻認為男女有別的女性。

站，讓數十萬人看見這個新產品，此時氣泡酒就跟飯店一同成為男男女女喜愛的商品，而且還是免費的宣傳。

　　因此，「阿爾萊」就能接到更進一步、更私密的委託，他們接受網路攻擊的案件，稱為「狙擊」。

　　一開始的客戶是線上講師，這些講師本應在意自己課程的評價，但他們卻更在意競爭對手補習班，或是同一補習班的其他名師，希望可以給予競爭對手夠多的負評打擊。

　　「阿爾萊」一開始接下這類案件時，會先研究這些狙擊對象，諸如該對象的個性（畢竟他們早已認定是委託人自卑感作祟之類的）以及評價等等。但其實根本不需要做這些調查，只要抓到小小問題點就可以了，大致上就是外貌問題，不論是男性還是女性名師。

　　他們所狙擊的對象包含長期以來有名的多益名師、貌美堪比女子團體成員的清純可愛女性講師，以及實力卓越、胸部大，在男學生中很受歡迎的女講師。最後他們選擇攻擊那位女講師的胸部不對稱，蒐集了許多她的照片進行合成，合成出大小胸部之後，在英語補習班的留言板中上傳照片與留言。

　　「既然是人氣講師，外貌管理也很重要才對，這種不是應該要動手術才對嗎？聽課都會分心耶！」

　　「臉蛋很棒、內容還好，印象深刻的反而是大小胸部，推薦給喜歡大小胸部的人。」

　　「她的男友是獨臂俠嗎？要不然是她偷偷餵母乳嗎？」

最後女講師受不了這些負面評價，為了做胸部整型手術而中斷講師生涯，委託人相當開心的給予「阿爾萊」不少額外紅利。

從此，他們清楚知道不需要有任何根據，只需要利用中傷策略，就能達到最佳效果。像是「當兵的時候會狂打學弟，根本就是雙重人格」，或是「曾經是江南一帶無人不知的夜店打手」這類完全無法查證的文句，當三宮與車塔卡上傳這些說詞時，01查10就要以「放出煙霧彈」為宗旨上傳大量的留言。

單純的大量攻擊也很有效，有一回是一位父親找上「阿爾萊」，他的中學生兒子因為老師處罰做一百次起立坐下，導致兒子大腿肌肉撕裂傷。原本這位父親找上教育局與警察進行申訴，但是官方回應卻不慍不火的，也沒有做出什麼懲戒處分，讓他對於相關單位非常不滿，所以他以五百萬韓元委託這個案子。

「阿爾萊」馬上找出該校網站及所在地的教育局網站、教職員工個人網站、SNS[3]帳號、教職員子女網站等等，以大範圍的攻擊方式進行，選出幾個標準文句，使用自動程式每天上傳數千個留言。

「真是為學生著想啊！事先為學生將來當兵做準備的老師們，這裡是這些老師們的網站嗎？您也執行真正的教育嗎？」
「我想要快點適應軍隊生活，○○中學的上課時間可以快速學到幾樣呢？因為學校網站不能問，所以只好在這裡問。」
「我想要讓我的孩子更堅強，想讓他進入○○中學，要怎麼做比較好呢？聽說大腿撕裂傷也能快快長大，科科科。」

註3：Social Networking Service 的縮寫，即社群網路服務。

結果那位老師受不了攻擊提出辭呈，可見那些留言讓這個事件擴及到學校與學校同事之間，產生了相當大的內部壓力。

「阿爾萊」也將這些惡意評論與應對方法整理成標準工作模式進行販售，讓惡評可以蓋過好評，或用工讀生就能夠進行反擊，或是文字買賣，連有許多惡評的大企業也會使用他們的這項服務。換句話說，與大企業簽約的宣傳公關公司會雇用「阿爾萊」，不過車塔卡在大企業裡的工作也是跟在「阿爾萊」一樣。

另外，不少政治人物也是「阿爾萊」的客戶，曾有表明自己是某某政治研究所或是名片上標示是調查人員的男子找上門，要求批判對手候選人，這些人通常都會支付現金，這對「阿爾萊」來說是最開心、最歡迎的客戶。而執行的層面除了基層民心，以及被選委會監視的網路留言外，還有一個點是如同各政黨黨內初選般的小規模選舉。這一類選舉的同質性較高，容易拿來進行對比，只要拿到幾位教職員的帳號密碼，就可以攪亂一場大學校長的選舉。

「阿爾萊」負責人三宮在汝夷島的人脈就是建立在這種情況下，三宮一旦喝了酒，就會說自己的事業不是單純的行銷，而是諮商。說自己不是接受留言的下級執行單位，而是販售線上輿論企畫，他也以「線上領域諮詢」參與了某財團三世的個人形象改善一案，其他的組員也越來越自傲自己從事的工作。

三宮也因此開始到處參加過往不曾參與過的聚會，例如人氣部落客的演講，或是企業公關負責人早餐會等等不是很重要的場合，或是一些可以帶來合約的酒攤場合。

「阿爾萊」能夠收到 W 電子的委託，就是在酒攤場合拿到的，這也是正式揭開「第二代網軍部隊時代」的序幕。

＊＊＊＊＊＊＊

（11 月 1 日錄音紀錄 #1）

**林商鎮**：今天的訪談會錄音……，應該沒關係對吧？

**車塔卡**：錄……錄音？可以不要嗎？

**林商鎮**：是我要寫新聞稿參考用的，不用擔心會有公開的可能性，因為內容可能會有點多，加上又不是我熟悉的領域，我打字的速度又很慢，所以……

**車塔卡**：我不喜歡，那個錄音檔案會被拿去做聲紋分析，不就知道是我了嗎？

**林商鎮**：您應該是覺得新聞的渲染力很大，不過我們不會那樣做。

**車塔卡**：但是警察或是國情院就可以找出來不是嗎？只要把這檔案交給分析聲紋的專家，委託他們分析不就可以做到了嗎？

**林商鎮**：請不要擔心，警察不會要看記者手稿或是錄音檔案的。

**車塔卡**：那國情院呢？

**林商鎮**：國情院……

**車塔卡**：說真的，您不相信我說的話對吧？

**林商鎮**：不！我相信，就是因為我相信，我們今天才會約在這裡見面。

**車塔卡**：我今天真的是冒著生命危險出來的，現在這邊也可能有國情院的人或是某某特務在監視監聽，我真的很怕。

**林商鎮**：那我要怎麼做比較好？不要錄音嗎？還是這個錄音檔案在新聞完成之後全數銷毀，要怎麼樣您才會相信我？

**車塔卡**：那用我的手機錄好了，我再把檔案傳給您。

**林商鎮**：（深深嘆一口氣）好，就這樣做。

**車塔卡：**那支手機正在錄音嗎？也請給我，我一起把檔案弄給您。

**林商鎮：**好的，好的。

（五分鐘之後）

**林商鎮：**現在可以錄音了嗎？

**車塔卡：**好的。

**林商鎮：**那我們就正式開始，首先想請問，車塔卡先生，您目前工作的單位是國情院對嗎？剛剛你好像有提及什麼特務的樣子……

**車塔卡：**這我不知道。

**林商鎮：**你不知道？

**車塔卡：**是您說國情院、特務的，我沒有這樣說，不過是我們推測的而已，林記者，您若是國情院的員工，會到處去宣傳嗎？

**林商鎮：**那您怎麼確認那些人是國情院或是特務呢？

**車塔卡：**看起來就是。

**林商鎮：**看起來就是？

**車塔卡：**整個人看起來就像是情報機關的人，身體骨骼強健，而且還馬上可以進行電話搜索。

**林商鎮：**這是什麼意思？

**車塔卡：**我們通常在搜尋某個人的時候，最先就是在 GOOGLE 網站上搜尋那個人的名字。舉例來說，如果要搜索林記者身家資料的話，就是在 GOOGLE 網站輸入「林商鎮」這個關鍵字以及「010-」，搜索結果就會一一跑出來，然後將電話號碼中間三個或是四個數字以星

號代替，像是 010-\*\*\*\*-6080 註4，就會跑出什麼活動中獎啦、商場提問的內容之類的訊息。另外，二手交易內容、校友會、同學會等名單也會出現，這樣一來，林記者您的手機號碼就會完整呈現。

**林商鎮：**我的手機號碼？

**車塔卡：**這是您的手機號碼沒錯吧？

**林商鎮：**咦？

**車塔卡：**您到 K 報社工作之前是在環境勞動報社對吧？那邊有你的聯絡方式。

**林商鎮：**啊！這……，那已經是很久以前的事了……

**車塔卡：**對！反正就是這樣，大部分都會以 010-\*\*\*\*-6080 的方式找出來，中間星號的部分就要稍微動點腦筋了，最笨的方法就是從 0000 開始一路找到 9999。但其實根本也不需要這樣，因為中間這四碼屬於國家編碼，有些是國家根本不會用的編碼，首先要確認的就是通訊委員會沒有或是不會提供給電信公司的號碼，像是 6000 到 6199、6900 到 7099 一類的，這些範圍的數字全數可以刪除不管。

再加上要搜尋的那個人的職業，或是知道他所用的手機型號，又可以排除一些號碼，初期用 iPhone 的人多半都是用 KT 的號碼，而 LG 的員工就多數用 LGT 的號碼。加上電信公司也遵循一定用號規則，所以可以排除的號碼其實不在少數。另外還有試驗性質的號碼、預付卡專用號碼、計程車專用叫車碼、飯店電話、中古電話號碼等都可以排除，還有學生、自由工作者等法人用的號碼也可以拿掉。

**林商鎮：**這樣還是會有好幾個號碼留下來不是嗎？難不成要一個一個

---

註4：韓國手機號碼以 010 開頭，共十一碼，一般而言可以自行選擇最後四碼數字，中間四碼則是電信商決定，而網路上看到中獎名單一類的號碼，會顯示前三碼的 010 以及後四碼。

打嗎？

**車塔卡**：其實不用花太多時間，大部分的號碼都是空號，接電話的人不符合要找的人的性別、年紀，就馬上掛斷。覺得有點曖昧的話，就假裝是貸款或是手機廣告公司，持續對話觀察，這樣一來多數都可以找得出來。

**林商鎮**：怎麼做？

**車塔卡**：有很多種方式，覺得是可疑的電話的話，就再次放到GOOGLE網站去找，或是到網路留言板比對手機後四碼跟名字。一般來說，那種留言板多少都會用自己電話的後四碼當密碼，這樣就可以很順利的統統查出來。不管怎麼樣，人們肯定都有弱點的，當時中國駭客公司還不懂這一招，他們都是用那個，啊！就是那個！那個CD。

**林商鎮**：CD？

**車塔卡**：就是燒錄有個人資訊的檔案，稱為CD，應該是一開始都是燒錄在CD裡，所以才命名為CD吧。就是那個啊！信用卡公司或是個人資訊中心，都會有什麼五百萬客戶或是七百萬客戶資料外洩的新聞不是嗎？一般都是中國詐騙集團買走，以一個人10韓元或是20韓元的代價，不過通常他們都不太會管理這一類資訊，所以這類資訊都會到處流竄。我們也曾經買過那種CD的副本，對於中國人來說是花大錢買的資訊，不過那份CD就這樣傳來傳去，流竄在各種需求行業中。

**林商鎮**：所以那些看起來像情報機關的人，不需要透過這些方式，就可以馬上查到電話號碼？

**車塔卡**：是的，不僅是電話號碼、身分證號碼、地址等等，連同名同

姓的人有幾位、他們的身分證號碼等等都可以查到，還可以確定是否有前科紀錄，相當厲害！不單純只是駭進信用卡或是電信公司得來的資訊，有一位負責管理我們的組長，他就曾經在辦公室打過這樣一通電話，不知道是打給誰，只說：「是我，幫我查一下某某名字。」不久後簡訊就傳來查詢結果，也曾經給我們每人一隻最新型的手機，避免被盜聽。

**林商鎮：**知道那位組長的名字嗎？

**車塔卡：**不知道，我們都稱呼他為組長，沒想過要問他的名字，看起來不是兇惡的那種人，可是整體感覺會讓人很驚悚，深怕不小心做錯什麼就會被抓走，可能不知不覺就消失一樣。他的一舉一動好像都很固定，就像《魔鬼終結者2：審判日》當中的液態金屬機器人一樣，他真的長得好像那個液態金屬機器人。

**林商鎮：**一起工作的人也不知道他們的名字囉？

**車塔卡：**我們最常碰面的那個人叫做李哲秀（이철수），不過這應該也是假名，此外其他人的名字就不知道了，通常我們都用暱稱稱呼而已，還有……

**林商鎮：**是的，請說。

**車塔卡：**那個……跟您說也不會有什麼幫助的，頂多就是職稱，真真假假的，什麼會長、本部長、組長、代理、社員等等的方式。

**林商鎮：**沒關係，請告訴我。

**車塔卡：**首先就是組長，組長手下有兩名男性手下，年紀稍大的稱為代理，較小的就稱為社員。代理應該是三十多歲、掉髮嚴重或是根本沒有頭髮的人，看起來就是很煩惱掉髮問題的人。社員則較為帥氣，有點像金秀賢，他們三個人看起來都是屬於情報機關。

林商鎮：那位叫李哲秀的不是情報機關的人？

車塔卡：這我不知道。

林商鎮：那麼那個人到底是什麼人？

車塔卡：我也不知道那個人是誰，可能是在大企業工作的人，也可能只是位管家或是自由工作者。其他人都叫這位李哲秀為室長、李博士、李高手等等，我們就稱呼他為老師或是室長先生，這位叫李哲秀的人代替會長傳遞訊息，會長又可以稱為老人家，他們都用「這是會長指示的」或是「這是老人家交代的」傳遞指示。

林商鎮：會長是誰也不知道嗎？

車塔卡：不知道，我也沒看過他，總覺得背後黑幕重重，他們討論的時候一旦出現會長話題，不論是組長還是本部長都會停下來，感覺應該是什麼政治人物，或是根本就是財團會長之類的吧！應該不是什麼黑社會老大，不過以我們做的工作也是模糊不清的情況看來，總覺得是一般政治人物或是企業人士不會碰的事情。

林商鎮：所以組長跟代理、社員是國家公務體系的人，而李哲秀與會長的來歷不清楚，那麼，本部長又是什麼人？

車塔卡：可能是經濟研究院或是哪個經濟團體的人吧！他底下有博士或是研究員，可以打聽、可以分析，常常聽到他這樣提起。聚會中的本部長相當闊氣，年紀大約四十多歲，戴著眼鏡，身著高品質西裝，看起來家世背景相當雄厚。

林商鎮：所以總共是三個地方來的人組成的囉？國家、經濟團體，以及謎樣的民間人士？

車塔卡：總共四個地方，還有我們，阿爾萊也是，我們先前也是做類似的線上公關工作。除了我們之外，可能還有其他人，因為我也聽過

他們幾次電話中說：「你們做得很好，收尾要聰明一點。」

那個叫哲秀的是這個聚會實際的主導人，年紀看起來比組長跟本部長小，然而介紹我們去參加那個聚會的人是哲秀，也是我們拿到██電子案件的契機。

**林商鎮：**這個聚會有名稱嗎？

**車塔卡：**名稱是「合包會」。

**林商鎮：**合包會，合包會啊！

# 第二章

謊言與真實適當的揉和，
比 100% 的謊言更有效果

　　從電梯走出來的組長相當茫然，他不知道自己該往哪邊走，非常猶豫自己該做什麼？

　　他收到的簡訊內容寫著要他到江南區驛三洞 IZE 大樓十二樓的「LIFE IMPACT SQUARE」，簡訊中還載明那是一間「演講專門咖啡廳」，組長完全不懂「演講專門咖啡廳」是什麼，於是他反問：「咖啡廳不就是個開放空間嗎？我們可以在那種地方見面嗎？」

　　這間咖啡廳的構造相當奇特，電梯一上來就看得到櫃檯，等於櫃檯是面向客人走出電梯的方向。工讀生鞠躬喊了一聲：「歡迎光臨 LIFE ！」卻在抬頭看到組長的一瞬間稍稍露出疑惑的表情，組長在長期訓練下，捕捉到了這一瞬間微妙的表情。也對，身著西裝的四十多歲中年男子，與這個場合確實不太相配。

　　不過組長也同樣慌張，因為櫃檯周圍人數不少，左側有一扇明亮的玻璃窗，裡面有十幾位年輕人，臺上看似老師的人做著像是太極拳的動作。櫃檯後方的玻璃窗內，則是有位戴著蝴蝶領結的男子在演講，題目是「魅力無限的手寫字，藝術字快速養成法」，臺下多為年輕人，大約十八位左右，每個人都用心寫著筆記。

　　組長在櫃檯旁看了幾圈之後，還是找不到李哲秀的名字，只好走向櫃檯詢問。

　　「不好意思，我是第一次來，不知道這邊的使用方式是？」

　　「是的，先生您好，請問您有要找尋的演講題目嗎？」

　　穿著黑色制服的大叔帶著淺笑詢問組長，他朝著手指的方向看過去，原以為是菜單的看板，居然滿滿都是演講的題目列表，組長這才發現有一列寫著「F，哲秀的基礎社交媒體行銷」。

　　「是那個社交媒體行銷研究。」

「好的，那麼到 F 演講廳就可以了，麻煩請先在這邊點飲料。」

組長點了美式咖啡，拿了取餐震動機之後就往內走，不過又因為找不到 F 演講廳而回頭往櫃檯走去。

「請問 F 演講廳在哪裡？」

「請往那個方向的左邊走道走。」

在玻璃透明的演講廳之間，有個窄小走道，走進去之後，便看到許多各種不同類型的小間演講廳，門前都寫著演講主題。

「與楚兒一起來，簡單的人文學講座」

「掌握觀眾的鈴鼓舞蹈」

「二十九歲該如何生存─從打工度假找尋我的夢想」

「公平貿易咖啡以及永續成長社會之提案」

F 演講廳是個八角形的空間，還好不是有透明玻璃的房間，李哲秀與本部長已經到了。

「不好意思我遲到了，第一次來這種地方，有點搞不清楚狀況……」

組長彎腰坐進椅子，好似早已習慣向年齡比自己小的李哲秀鞠躬一樣。

一開始被會長跟李哲秀抓到弱點，無可奈何的合作了幾次，卻依然不知道會長是如何知道自己屬下的那些禍事，不過合作之後，看來也為自己的公司帶來不錯的成果。公司長官還不知道會長跟李哲秀的存在，以為那是自己一個人做出的成果，還讚美做得好，於是後續還合作過幾次，所以組長也很積極的參與這曖昧的利益共同體之中。

「在這種地方見面很不一樣吧？不用擔心會被監聽。」李哲秀微笑的看著組長說。

「啊！應該是很新鮮吧！」本部長馬上跟進說。

「這個嘛！可能我有點年紀了，覺得在飯店裡比較適合。」組長這樣回應。

「這就是貴公司的問題，太俗氣了，一點誠意都沒有，完全不知道年輕人在做什麼、在想什麼，網路就是心理戰，要加強線上宣傳能力才行。只守舊的話，就只能留言說在野黨是左派紅鬼、長相不討喜什麼的，這種留言根本就沒用！」

「老實說，也不都是這樣的業務內容，那些員工也不全然都是做這種事情。」組長邊說邊摸著取餐震動機。

「會長一開始還想說貴公司終於懂了網路的重要性，有點刮目相看了呢！沒想到後來看到報紙留言，才發現根本不是這麼一回事。如果只能那樣做的話，乾脆不要繼續，你如果繼續留在你們公司的話，就別跟著我們做了。不要為了掩蓋什麼而去爆料檢察總長的緋聞醜聞，會長說完全看不出你有前途！」

「檢察總長的緋聞相當有效果不是嗎？」

「對五十歲以上的人或許有用，就是那些看報紙的人。問題是那些人本來就是認同我們、屬於我們這一方的人，最近二、三十歲的年輕人根本都不看報紙，更不用說十幾歲的孩子有一半以上壓根就不知道這件緋聞！」

此時，取餐震動機響起，本部長說：「啊！我剛好要去一趟洗手間，我順便幫您拿（飲料）吧！」然後快速地離開房間。

「我們也想跟上時代，但是最近年輕人文化太多元了，根本就學不完，一學完就又有新的文化出現。」

組長不好意思地搔頭。

「不是要你們找出網路用語全部背起來，是要你們用開放的心胸去看整個社會走勢。」

組長毫無誠意的點點頭，李哲秀露出令人討厭的笑容說：「最近讀書咖啡廳已經消失，現在都是這種演講咖啡廳的天下，在江南這個地價昂貴地段，會有這一類咖啡廳，你不覺得該提出什麼疑問嗎？你過來的路上應該看到很多這類的咖啡廳才對，不管是鍾路、還是弘大一帶，這種咖啡廳如雨後春筍一樣冒出來，這也是一種趨勢不是嗎？你有想過這是什麼原因嗎？你瞧出什麼了嗎？」

「因為看書的年輕人變少了，演講文化正好取代閱讀文化，讓不喜歡閱讀的人可以藉由演講聽取知識，我們韓國現在也跟美國一樣到處都有演講廳了。」

「你看看你這人，真是一位相當有熱情、喜歡自我開發、自我學習的上進之人是吧？你看看這多元多樣的主題，居然有『掌握觀眾的鈴鼓舞蹈』，我都不知道現在有人教、有人學鈴鼓舞蹈這種東西。」

「可是有誰會真的這樣就學會呢？人文學講義這一類，聽了一兩個小時之後，就會有所不同嗎？」

「不用急著生氣，這對我們反而有利不是嗎？組長您長期從事網路上跟爭執相關的工作，所以常常都擺出防禦的姿態，不用這樣，你想想這些孩子看起來很死心眼，但其實都很純真、毫無社會經驗，所以會像海綿一樣可以吸收任何新訊息不是嗎？

「我在組長你到之前也去聽了一下這幾場演講，像是『與楚兒一起來，簡單的人文學講座』，我真的只能說講師相當有勇氣，而打工度假那位講師就是一位老學究的樣子。但是你看臺下那些聽眾，每個瞪大雙眼認真地聽他說話，你覺得這是為什麼呢？」

「這個嘛⋯⋯」

「因為這些講師都有自己一套說詞,你看出來這群講師的年紀大約都落在三十幾歲左右對吧?這個世代的人都不相信那些既有利益團體說的話,所以網路上的陰謀論相當盛行,可是他們卻願意接受同一群體的互相學習、非常相信彼此,我們就可以好好利用這一點。」

「我們也開始讓年輕人投入網軍部隊。」

組長正想反駁些什麼時,本部長拿著咖啡打開門,後面跟著一位手持筆電包,大約二十二、二十三歲左右的年輕人。

「我是阿爾萊的三宮,請問哪一位是李哲秀先生?」

＊＊＊＊＊＊＊＊＊＊＊

（11月1日錄音紀錄＃2）

**林商鎮：**合包會是██電子一案的委託人？

**車塔卡：**嗯……不是，██電子是自己找上門的樣子。

**林商鎮：**「的樣子？」

**車塔卡：**我也不知道他們究竟從哪邊來的，那種企業都會轉包很多手，可能是企業宣傳部門交給宣傳公關公司，然後分包給其他代理公司進行網軍留言，這些代理公司也可能會轉交或是找上我們協助處理……，大致上就是這樣。只要動動手就可以了，所以相關業者相當多，對於企業來說，這樣的外包公司越複雜越好。所以我們也不清楚實際的情況是怎樣，甚至於有時候我們也不清楚我們做的工作是宣傳還是反攻擊。

**林商鎮：**瞭解，那可以再仔細說明一下██電子的案子嗎？用時間順序的方式，我剛剛聽的時候覺得這一條應該很有趣。

**車塔卡：**好的，一開始是代理公司的人找上門，還帶著厚重的的文件過來，當時正值那部電影上映之際，試映會正熱門，引起不少話題，他們想要處理好這件事情。

**林商鎮：**是指《最悲傷的約定（가장 슬픔 약속）》那部電影嗎？

**車塔卡：**是的，就是那部電影，當時還有《熔爐（도가니）》、《正義辯護人（변호인）》、《十字弓防戰（부러진 화살）》，都是當時頗具社會話題的真實事件改編的電影……。

**林商鎮：**《最悲傷的約定》也可以成為當時的話題電影不是嗎？

**車塔卡：**或許吧！我也不知道，可能是我們讓這部電影被埋沒吧……

（笑了又笑，卻突然停止笑）林記者有看那部電影嗎？

**林商鎮：**我有看，██電子白血病死亡的真相要求委員會有給我票。

**車塔卡：**電影如何呢？

**林商鎮：**我覺得還不錯，那車塔卡先生您有看……那部電影嗎？

**車塔卡：**沒有。

**林商鎮：**原來如此。

**車塔卡：**很抱歉。

**林商鎮：**沒關係，至少您現在願意接受我的訪問。

**車塔卡：**██電子當時真的嚇得屁滾尿流的，害怕那部電影如果像《熔爐》、《正義辯護人》一樣風行的話該怎麼辦？所以怎麼樣也想要擋下這一波。

**林商鎮：**我從其他地方也多少有聽到██電子為了阻擋那部電影而東奔西跑的想辦法，像是妨礙電影院排檔期、用輿論壓迫等等，甚至於還聽說他們賄賂了國際電影節的審查委員。

**車塔卡：**是嗎？我不知道有這件事情。

**林商鎮：**連網路訂票網站都被 DDoS 攻擊。

**車塔卡：**這我也不清楚。

**林商鎮：**那就請您說您知道的部分吧！

**車塔卡：**好的，一開始找上我們的是代理公司的員工，還帶來了一本書，那本書是██電子針對電影部分的反駁內容。嗯！這個，我手機筆記有記下來……啊！在這裡，要唸給您聽嗎？

**林商鎮：**請唸出來。

**車塔卡：**嗯……首先是那個真相要求委員會主張的死亡者數字，根本沒有根據，我方去詢問那個委員會死亡者有哪些人，委員會完全不願

意透露，根本無法知道那些人是不是真的在██電子工作過。

**林商鎮：**這些混蛋雜碎……

**車塔卡：**還有喔！就算██電子承認那個數字，但是██電子的員工有十幾萬人，那樣的發病率跟死亡率根本比平均還要低。根據首爾大學等單位做過的致癌物質調查顯示，比一般大氣中的含量還要低，我們還提出要與真相調查委員會一起進行調查，但是該委員會拒絕我們的提案。

**林商鎮：**真的是那樣寫的嗎？真的是一群噁心的混蛋！您有拍下當時的資料內容嗎？

**車塔卡：**沒有，我只有記下幾個關鍵字而已。

**林商鎮：**那本書裡還有說什麼嗎？

**車塔卡：**其他的，嗯……就不是一些爭議點，像是不只首爾大學，某某機關也檢查過他們的作業工廠，什麼海外專門機構也來看過，都說沒有問題。之前真相調查委員會召開記者會，宣布檢驗出苯還是戴奧辛之類的時候，他們說檢出量相當微量，說是法律規定的千分之一含量而已。還有說他們相當努力為員工的身體健康著想、他們的產品對韓國經濟發展相當有貢獻等說詞，他們要我們就拿這幾句話在網路上留言，還有幾句標準範例。

**林商鎮：**有標準範例句？是什麼？

**車塔卡：**像是「難道中小企業中就沒有人得到白血病死掉嗎？怎麼沒有人到那些中小企業前示威抗議？」、「怎麼不乾脆說是在██電子工作太久，身體都老了？那不也是██電子的錯嗎？」、「一年三百六十五天都怪他人的傢伙，真的很令人厭惡！」之類的範例句。

**林商鎮：**那些留言我好像有看過，為數還不少。

**車塔卡**：當然不只委託我們，肯定還有委託其他業者，但我們拒絕這個案子，不！應該是說我們提出另一個提案，但是他們拒絕不採用。

**林商鎮**：是條件沒有談攏嗎？

**車塔卡**：不是條件問題，關於這個案子，不論是我還是三宮的想法都一樣，那些留言留再多都沒有用。您想想看，因為製造半導體而接近有害物質，所以得到白血病，大企業害怕傷害形象所以強烈否認，如果進法院的話，就會用黑道流氓恐嚇，這很好理解不是嗎？所以在那邊說什麼白血病平均發病率多少、外國權威調查機構說什麼，這種話就只會讓大家覺得「是嗎？」而已。

再者，韓國人在情感面很脆弱，只要聽到被██電子脅迫、被趕出公司的年輕瘦弱的漂亮女生生計出問題，又因為生病面臨死亡之際，在她父親面前哭得悽慘的樣子，有誰能批評，又有誰敢批評？

**林商鎮**：電影裡沒有提到生計出問題。

**車塔卡**：反正就是這樣，電影內容不是很感性嗎？我有看過預告。

**林商鎮**：是因為不會成功，所以才拒絕的嗎？

**車塔卡**：不！就說了不是拒絕，而是提出另一個提案。事實上我們也可以只看費用就接受這件委託，畢竟這部電影火紅之後，會不會有檢察官找上門、██電子會不會倒閉，都不關我們的事情。就是要我們留幾千則留言，我們就留幾千則留言，要我們按幾萬個讚，我們就去按幾萬個讚，這樣而已。但是三宮跟我並不這樣想，我們也有企業精神，所以三宮提出了另一個提案。

**林商鎮**：那個提案是什麼？

**車塔卡**：那真的是一份相當厲害的提案，代理公司的人聽了一方面面露難色，一方面又覺得「這個不錯，只要有勇氣做的話，肯定百分之

百可以成功」，跟我們說他們要去溝通看看，要我們等等。結果幾天之後電話回覆我們說不行，所以我們就想說，大概這樣就結束了吧！沒想到那個合包會找上我們，█████電子跟合包會怎麼搭上關係的我不知道，我想他們之間應該也會有聯絡管道吧？

＊＊＊＊＊＊＊

就在組長跟本部長喝著咖啡的時間裡，那位被稱為三宮的年輕人從包包拿出筆電，架設一些設備。

這間演講廳擁有可以發表簡報的設施，三宮將筆電接上後，畫面是影片檔案的開始鍵，三宮確認了畫面跟聲音之後馬上按下播放鍵。

「企業成長的話，工作機會就會變多！

工作機會增加的話，就會有休假機會！

守住我的錢包，阻止他人的欲望，就沒有人願意花錢，我就會受到損害，這就是市場經濟利益，否定個人能力是自由民主國家之恥，是要大家一起沉淪的笨蛋三寶！」

臺上是一位看似初出茅廬的小夥子，用語相當輕率，他的後方站著兩位看起來才是主導者的年輕人，配合著這一場表演。這看起來像是不成氣候的嘻哈團體（Hip-pop）公演，好像在某大學的教室一樣，臺下的聽眾都是二十歲左右的大學生，桌上都有筆電或是筆記。

聽眾透出不悅的神情，看著這個畫面的組長也面露不悅，想也知道，想獲得年輕女性歡迎的老人會這樣很自然，而本部長根本沒有認真的看這場丟臉秀，只是哈哈大笑。

「這是全國經理人聯合會主辦，以大學生為對象的經濟學校園活動影片，那一位看起來是主導者的人，就是D大學的宋英育教授，在哈佛大學攻讀經濟學，因為認為韓國青年沒有經濟學的基本常識而寒心，後來接受經理人聯合會的補助獎勵，成立一個嘻哈團體，那個團體的名稱叫做『與宋博士的街頭 Economist』，簡稱『宋街頭』。」

三宮做了上述說明，組長在三宮按暫停的那一刻，終於找回自

己，本部長也因為畫面轉換而小聲發出「咻！」的聲音，看樣子是鬆了一口氣，而李哲秀則是露出若有似無的微笑。

「那麼，我們來檢視一下宋教授這個專案的團體，在網路上反應又是如何呢？」三宮邊說邊按下滑鼠右鍵，組長的臉馬上漲紅。

「媽的還真厲害，怎麼可以同時引起眼睛跟耳膜的恐慌！」
「一般來說，害羞都是我才對，之前罵女子團體的大學校長也是這個反應，這個人也是……」
「正式__經濟學__讓嘻哈__受辱__的影片 .avi」
「這個人到底是誰？是什麼抬亡靈嗎？現在是放了一坨屎之後，覺得很慌張才這樣嗎？拜託誰可以說明一下ㄷ.ㄷ ;;;」

「再看另一部影片，經理人聯合會大學生獎助金第一期的成果影片，這是優等作品。」

三宮邊說，邊按下播放鍵，是一部業餘音樂錄影帶，也是三人組的嘻哈團體，有附上字幕：

「所有人都說自家是善良店家，
但是我知道那是什麼，那是 hypocrite，
你們只會奔走在 twitter 的 whistle and bustle，
不去超市的話，是去傳統市場嗎？

是把消費者當白癡，還是覺得消費者太善良，
這就是你們所謂的民主化？我倒覺得是神經病化，
不要賣弄情感，大哥你的理論真的是 bullshit！」

　　「我們詢問過二十幾歲的評審們，聽說這個比起得到最優秀獎的那個作品來說，歌唱得比較好。看來經理人聯合會的評審團跟我們二十幾歲的評審們的評斷基準不一樣吧！接下來我們看看關於這部影片的留言。」

　　三宮轉換了一下畫面。

「沒有追蹤人數，也沒有點閱率，現在還有人覺得話說得快一點就是 lap 嗎？真有趣。」
「老實說，歌詞就好像那種有名的歌曲當中什麼女性強姦、用藥等等的，很常見，一點都不吸引人，這根本連 lap 都很勉強。」
「哇！這人以後看到這影片不知道會怎麼想，是為了找工作才這樣做嗎？該不會是為了學分吧？」

　　覺得這部音樂錄影帶還可以的組長，反而被這些留言嚇到。
　　「我就知道會這樣，這是錯誤的遊戲，踢足球的話，就要在足球場上才對，專業的主導人不能過度干涉，畢竟最近年輕人都是聽自己想聽的話。」

本部長言詞尖銳的說，三宮接著本部長的話說：「是的，不喜歡留言就要攻擊那些留言，可是這部影片最大的問題，不是年輕人破口大罵的惡評，而是根本看不到！我們為了找出這些評論，花了很多的時間，在網路時代的現在，上傳的文字或是圖片、影片，百分之九十九點九都會被淹沒，不管是撒錢還是動員粉絲，或者是人們主動，都可以找出一定軌跡。可是這個根本什麼都沒有，沒有粉絲、沒有可以攻擊的點，就只是一部影片，根本不可能引起人們的興趣。」

「就是這樣，根本做法就錯了，業餘的人再怎麼精心製作，是不可能跟專業人士一樣，做出差不多品質的音樂錄影帶，這業餘影片根本不可行，根本沒有致勝關鍵！」

「這又是什麼？」

本部長問。

「先看看下面這部影片好嗎？」

三宮按下播放鍵，手風琴旋律搭配南美洲男性的聲音，組長跟本部長一臉疑惑地聽著這首墨西哥歌曲，邊看下方的韓文翻譯歌詞。

♪阿培拉在一個小時後才睜開雙眼，

　在冰冷的沙漠中、中彈的船上，

　拉法爾已經成為一具冰冷的屍體，

　阿培拉邊哭邊祈求著諒解……

「這可以說是墨西哥近年來的國民歌謠，人氣相當旺。阿培拉是墨西哥青年，帶著他的表弟拉法爾偷渡到美國，沒想到卻死在偷渡旅程中，相當後悔自己的這個決定，這首歌歌詞不錯，旋律也好聽，因

為是講述非法移民，所以相當受墨西哥人的喜愛。」

「所以呢？」組長開口問。

「事實上，這首歌是美國邊境管理局為了減少偷渡而做的創作宣傳，沒想到效果相當的好。這首歌成功之後，還帶動不少後續創作，後續創作的歌詞內容更強烈地表現偷渡者淒涼的下場。像是偷渡的媽媽絕望的看著女兒被強暴的歌詞，或是小小的拖車內，偷渡客們漸漸脫水而死的歌詞，這些歌曲都成為流行當紅曲。美國邊境管理局還製作數千份 CD 發放，墨西哥電視臺因為這些歌曲不需要給付任何版權與使用費用，所以十分願意使用這些歌曲，這些歌曲的西班牙文即稱為『移民之歌』。」

組長跟本部長都嚇呆了。

「墨西哥國內也不是沒有人知道這些歌曲是美國當局做的，但是這些歌曲依然紅透半邊天，而其實美方並沒有花太多錢在這些歌曲上，作詞作曲是美國拉丁裔獨立歌手，沒有拍攝音樂錄影帶，不過卻能成功擄獲人心，為什麼呢？」

三宮為了製造效果，刻意暫停了一下，組長以三宮的口吻反擊。

「我認為這是真相的力量，但是批判大型超市規則與經濟民主化的大學生並沒有說出真相。真相、好的內容以及一點點不同視野，這是我們需要的部分。」

三宮繼續說。

＊＊＊＊＊＊＊＊＊

（11月1日錄音紀錄＃3）

**車塔卡：**提案的文字是三宮寫的，我稍微修改了一下，我在阿爾萊也是負責這部分，因為我打工代筆寫過不少反省文。

**林商鎮：**還有這種打工？

**車塔卡：**有啊！酒駕反省文代筆，以及刑事案件反省文代筆的打工工作都有，比代筆寫自我介紹的打工錢更多，而且反省文的內容，還真的會影響量刑的刑度。不過最近這一途競爭相當激烈，所以又出現了號召文或是請願書的代筆工作。

**林商鎮：**原來如此！那麼我們再回到《最悲傷的約定》這部電影上。

**車塔卡：**嗯！好的，我上傳了一篇標題寫著「我是電影產業勞工〇〇〇」的文章，該篇文章的作者是一位目前已經工作五年的攝影工作人員，夢想成為電影導演的男子，為了生計必須去做廚房助理以及外送打工，但因為每回電影拍攝工作時間長，平均一天都要十五個小時左右，所以打工也無法持續去做。

電影行業在慣例上不會簽訂勞動契約，也不知道有沒有明確的勞動條件。最近拍攝完成的電影就是《最悲傷的約定》，可是應該拿到的薪水三百四十萬元卻還沒有下文，他一直等待薪水下來，卻只能靠著累積卡債過生活。

所以我就這樣寫：「根據這次《最悲傷的約定》的報導資料指出，這是一部是心懷大韓民國勞工們的作品，我也是勞工之一，請看看我的處境。我根本不敢想會有四大保險，我不祈求加班費用，我只希望我的三百四十萬元薪水可以給我，讓我可以付得出我的考試院費用跟手

機費就好……」

另外，我們不直接上傳這些文字，只要一張看似截圖的 jpg 檔案，然後用「從電影人之間非公開網站截來的文字」為標題，上傳到 Daum agora（agora.media.daum.net）或是 Nate（www.nate.com）等各大入口網站。

**林商鎮：** 那些都是謊言嗎？

**車塔卡：** 這個嘛……應該要怎麼說呢？我們也做過事前調查，當然實際上並沒有我們上傳的文字內容中的那個人，但確實有幾位情況類似的人，Nainthreadpicturees 公司拍了電影，卻沒有給付薪資的情況是真的，電影工作人員的待遇很慘烈也是真的，只是這些文字是三宮寫的。雖然不是真人真事，但寫的內容卻都是事實。

**林商鎮：** 所謂事實是……？

**車塔卡：** 我不喜歡三宮，但，就如同我們現在不是活在網路 3.0 世代，如果不是阿爾萊的話，我大概也只是個混混，靠著騙騙女生的錢過活。就是那種向流連在財團三代、在美僑胞家，開著進口車的那些女生借點錢，過著享受生活，到處詐騙的混蛋罷了。三宮就是那種詐欺混蛋，長相好、很會說話、很會打動人心，在女性之間相當吃得開，但其實就是個騙子。不過他說的話也不全是謊言，我們上傳的那段電影工作人員的故事，也都是真的。

**林商鎮：** 這些文字也會上傳到 Ilbe（www.ilbe.com/ilbe）嗎？

**車塔卡：** 當然也會上傳到 Ilbe，不僅是上傳文字部分，01 查 10 會帶著寫上「Nainthreadpicturees 代表！請給我積欠的三百四十萬元薪水」的抗議布條，到有上映《最悲傷的約定》的電影院前面，進行一人示威活動。而我跟三宮就拿著多部智慧型手機拍下這些畫面，好似

許多人都在電影院前看到一樣，寫下目擊者心得，上傳推特或是臉書，並且將這些內容擷取下來，上傳到各大網站的留言板。

**林商鎮：**網友們的反應如何？

**車塔卡：**首先是傳遞速度相當快速，文字才剛剛上傳，就以極速的方式傳遍每一個留言板，畢竟大家都知道這種事情。或許不是每個人都知道■■■電子有沒有施壓於勞工，但是對比電影圈的勞動環境來說，全國各個勞工現場的現實、勞動權益、男女平等等社會議題，更是觸動到多數人的心，電影也常常拿這些議題為腳本。《熔爐》之後，人們也都知道那些導演跟製作是利用這些話題來賺錢，正當大眾對此帶有負面印象之際，加上薪水遲延一事，更能引爆不滿。

**林商鎮：**確實是很好發揮的題材，能夠引起一定程度的震撼。

**車塔卡：**能夠引起話題，相關的文字也會不斷出現不是嗎？比起上升幾天的檢索順位來說，點閱數跟留言數會差了一點，但是那些進步陣營的人不論怎麼發文稱讚，也無法受到歡迎。他們不會明確同意我們的說法，卻也不敢明顯的反駁，林記者您應該知道那種感覺對吧？光是這樣我們就已經達成目標了，原本能成為話題的《最悲傷的約定》，一瞬間被我們打垮了。讓進步陣營完全無法再次著墨，只要有人敢發表「兩個小時的電影，讓我的內心相當沉重」的話，保守陣營的網友就會說：「我們的勞動壓榨是善良的勞動壓榨嗎？」

在這種情況下，試問有誰敢說出半句這部電影的評價？電影本來就是要靠口碑的，特別是《最悲傷的約定》這類講述社會議題的電影重在事實，會讓人們看了心有戚戚焉的電影更是如此，更不用說一定會有觀眾會炫耀式的說：「我看了這部電影！」

但是薪水延遲這個爭議卻能完美的擋住這一種情況，讓所有偏向進步

陣營傾向的大小網站都會很安靜，而保守陣營的留言板就會熱鬧沸騰，譏笑著「左派的大老都出現了」、「應該要給導演跟製作人頒個產業烈士獎章才對」之類的……

**林商鎮**：導演或是製作人那邊沒有任何反駁嗎？

**車塔卡**：他們當然有回應啊！不過他們回應的內容真的不太好。

**林商鎮**：他們怎麼說呢？

**車塔卡**：我們盡量不跟這些人直接接觸，不過保守傾向的網友可不會放過他們，他們找上導演的推特跟製作人的網站鬧，導演則是表示：「那位工作人員並沒有跟我們一起工作，也不理解我們 Nainthreadpicturees 的工作情況。」這句話真的是大錯特錯，這樣一來，馬上就會出現：「那你們也沒在███電子工作過啊！你們怎麼能拍出那部電影？」

那位導演一開始還很有耐心的回應，過不久就開始氣呼呼地寫出一些厭惡的話語，然後被截圖上傳，標題為「《最悲傷的約定》導演回應關於薪水遲延的問題」，那當然不是我們做的，因為保守陣營的網友也開始行動，開始攻擊導演跟製作團隊。

接下來那些網友便開始扭曲事實，將我們一開始上傳的文字主角，也就是那位虛構的電影工作人員，寫成也有參與 Nainthreadpicturees 的其他電影拍攝工作，將他一瞬間就變成拍攝工作人員，而導演威脅這位工作人員，電影院前的一人示威也被真相調查委員會的人帶走，諸如此類的留言到處四散。

這讓進步陣營的網友噤聲不語，畢竟這擺明是一場必輸的戰爭，一位頗具名氣的進步陣營網路電影評論家，也撤回對《最悲傷的約定》以及 Nainthreadpicturees 的好評，還在自己部落格寫下「以侵害勞工

權益的方式，為其他勞工爭取權益，這整件事本身實在是太矛盾！」的宣言。

電影公司也只能表明，在沒有給付積欠員工薪水之前，絕對不會罷休，對吧？但是又沒有錢，根本就不可能這樣做，《最悲傷的約定》就這樣毀了。不過那間電影公司也真是好笑，居然還貼出公告：「會找出一開始上傳該文的工作人員，解開彼此的誤會。」根本就沒有這個人，是要怎麼找？說不定他們試圖找過，也確定根本沒有這個人，才會上傳那樣的公告吧！

**林商鎮**：如果電影公司提出告訴的話，要怎麼辦？您們都不害怕嗎？

**車塔卡**：不會有這種事情的，如果電影公司真的提出訴訟的話，那些網友會怎麼看？電影公司的金主是大眾，不可能會得罪大眾的。而且就算他們真的告上法院，也抓不到我們，更何況就算真的被抓到，也不會有任何處罰。

**林商鎮**：為什麼？

**車塔卡**：我們會隱藏 IP 位置，IP 位置會游移在新村一帶的網咖以及大學周邊，也會使用 wifi 或是大學的網路，或是花錢買虛擬私人網路（VPN：Virtual Private Network）。不是有那個智慧女神案例嗎？智慧女神不也說自己曾經在外商金融機構工作過，還假稱自己是經濟專家，最後還是被判無罪嗎？說自己不是以妨礙公眾利益為目的。

還有發文說狂牛症示威的時候，自己雖然是鎮暴警察，但從今天開始拒絕鎮壓命令，這些人不都說什麼將市民毒打一頓，還說自己的同事都要拒絕鎮壓命令，但是那個發文的人其實是某大學兼職講師，那個人也是獲得無罪判決不是嗎？

所以我們也一定不會有事，對於電影界現實的憤怒、對於《最悲傷的

約定》製作公司感到憤怒而出現的工作人員的文字，並不是以妨礙公眾利益為目的，反而是為了公眾利益而做的事情，只要隱藏好是合包會指示的部分就可以了，不是嗎？

**林商鎮：**所以這不是██電子的要求，是那個叫合包會的組織要求的？可以確定是合包會要求的嗎？

**車塔卡：**一旦開始疑心的話，就會沒完沒了的，我是這樣覺得。

**林商鎮：**為什麼？

**車塔卡：**首先那個叫李哲秀的人，我根本就不覺得他是屬於哪個企業或是哪個政府組織，啊！對了，他付錢的方式有點特別。

**林商鎮：**怎麼樣特別？

**車塔卡：**如果是一般企業的話，通常都會透過中間代理公司付費，讓源頭的那間公司會計帳目不會有問題，後續問題都由代理公司負責處理。可是合包會不是這樣，就只給現金，三千萬韓元的現金，就這樣交給我們，一萬韓元的紙鈔三千張，就這樣裝在蘋果禮盒中給我們。

**林商鎮：**看起來您們非常喜歡這個工作。

**車塔卡：**從那個時候開始，我們就跟合包會一起工作，不過也不是馬上就獲得信任，他們可能覺得這次是這些小伙子運氣好也說不一定。而《最悲傷的約定》失敗的理由，一般電影評論家多是說電影的內容不佳之類的。

總之，那個《最悲傷的約定》的案子就這樣結束了，而合包會又給我們其他案子，可能是要再一次試探我們能力的意思，我是這樣感覺的，畢竟那也是一個很特別的案子。

# 第三章

憤怒與憎惡是讓大眾狂熱最棒的力量

　　對他們來說這是第一次，三千萬韓元不是一筆小錢，可是對方卻這樣大手筆的一次給他們。之前的費用雖然也都是千萬韓元以上的金額，但一次性支付的情況可以說是沒有幾次，所以不論是三宮、車塔卡還是 01 查 10，每個人都好像中了樂透一樣開心。

　　「來來來！我們來去喝酒，我請客！」

　　三宮這樣說，車塔卡跟 01 查 10 雖然有點驚訝，卻還是跟著三宮走出去。平常的三宮是個小氣鬼，很會買自己的東西，但卻不曾花錢在車塔卡跟 01 查 10 的身上。

　　他們一起住在新村一間兩房的屋子，三宮用大的房間，車塔卡用小的房間，而 01 查 10 則是在客廳架起簡易床。阿爾萊所賺的錢，原則上是一部分當作共同生活費，其他的分成三等分，他們平常雖然會用共同生活費買些零食跟酒喝，但是三宮從來就不願意用那筆錢買炸雞來吃。

　　「先吃飯吧！」

　　三宮先帶大家去飯捲天國。

　　「喂！結果你只要請我們吃飯捲？」

　　車塔卡氣得對三宮大吼。

　　三宮解釋說：「不要這樣，我們先進去，我有原因的。」

　　「什麼理由？」

　　01 查 10 問三宮，三宮反問：「你們難道只要喝酒嗎？」

　　「當然要叫下酒菜啊！你現在是捨不得下酒菜的錢嗎？喂！我請客、我請可以了吧！我們去吃烤五花肉。」

　　車塔卡生氣的說。

　　「你們這些人，不是那樣的，我們還要叫小姐，今天就一起去酒

家吧！」

「酒家？你要付錢？」

車塔卡跟 01 查 10 眼神有些動搖。

「就說我付錢啊！難不成我們去那邊還要叫泡菜嗎？難不成叫幾瓶酒他們會給免費泡菜嗎？還是會因為我們是第一桌客人而對我們很好嗎？還有，是要吃完烤肉再去，還是要吃個飯捲再去？」

車塔卡跟 01 查 10 馬上一句話都不說，一起走進飯捲天國，01 查 10 點了辣飯捲跟辣炒年糕，他吃得很急，好像等不及要趕下一攤，讓三宮跟車塔卡都笑了出來。

「吃慢一點啊！你這傢伙是在急什麼！」

01 查 10 滿嘴都是食物傻傻地笑著。

他們一起走進新村五字路口的一家酒店，三宮走在前面，車塔卡跟 01 查 10 則是扭扭捏捏的跟在後頭。

一位女性室長模樣的人走進來，對著三宮說：「哥哥……你們要點洋酒還是啤酒？」

三宮回應：「給我啤酒。」

「不點洋酒可以嗎？」

室長走出房間後車塔卡這樣提問，而三宮就只是笑著不說話。過不久服務生拿著啤酒走進來，三宮打開錢包，拿出一張一萬韓元的鈔票，服務生九十度鞠躬收下錢之後，為三宮倒了杯啤酒，三宮接下這杯啤酒之後，也回敬一杯給服務生。

「大哥，要為您叫什麼樣的小姐呢？要二十歲的還是三十歲的呢？」

「我們喜歡年紀大一點的姊姊。」

　　三宮這樣回覆服務生，服務生離開之後，氣氛有點奇怪。三宮開了一瓶啤酒，正要倒到杯子裡的時候，車塔卡卻在找房間裡的燈光開關，01查10抽著菸喃喃自語的說：「我不喜歡年紀大的女人。」

　　「有耐心一點，你們等等會感謝我的。」

　　三宮這樣說。

　　他們又喝了一瓶啤酒，01查10一個人唱著歌的時候，小姐們走了進來。

　　「我是孝珠。」

　　「我是智賢。」

　　「我是雅拉。」

　　小姐們進門後先打了招呼，服務生則是詢問：「大哥，這幾位小姐如何？」

　　三宮比出大拇指，完全不給車塔卡開口阻止的機會，車塔卡只能驚嚇的看著01查10，01查10也是一臉大便的樣子。這些小姐超醜，不只醜，年紀看起來也都快要四十歲了，一定是只給服務生一萬塊才會這樣，一定是故意的！

　　「哥哥……我可以坐這邊嗎？」

　　「喔喔……好……」

　　那位說自己名字是孝珠的小姐坐到車塔卡的旁邊，還把胸部貼上來，看來妝容很重，眼角都有皺紋，穿著看似短裙的短褲，腰上還有一團贅肉。

　　「來！來！第一輪無條件要喝一杯，接下來就隨意吧！」

　　三宮快速的用酒倒滿這些啤酒杯之後，車塔卡就以「喝到醉為止」的心情，跟著三宮不間斷地喝了三輪，接著昏昏沉沉的好像釋放

了不少壓力一般。

　　車塔卡看了三宮一眼，這小子已經一手放在旁邊小姐的胸部上，嘴巴也黏了上去，車塔卡心想：「我也可以那樣。」便把手跟著摸到了隔壁小姐的胸部上。

　　「天啊！這哥哥是怎麼了？」

　　小姐邊說邊敲著車塔卡的手，車塔卡突然有點畏縮，不過他想這也是小姐撒嬌的手段之一。小姐的手馬上游移到車塔卡的大腿內側附近，他的大腿內側因為這位小姐的搔弄有點癢，不自覺的張開雙腿，往小姐的方向推移，知道車塔卡意思的小姐，朝著車塔卡的鼠蹊部進攻，一邊嘻嘻笑著，車塔卡不知道是誰該笑誰，嘆了一口氣。

　　小姐一手泰然的拿起啤酒為車塔卡填滿酒杯，另一手則是繼續在他的雙腿間游移。

　　此時車塔卡想看看三宮的進度到哪邊了，所以看了三宮一眼，沒想到那邊已經是男女糾纏在一起，車塔卡看得下巴差點沒掉下來。只見三宮一副旁若無人似的，嘻嘻笑笑的說：「姊姊，我們就合體吧！我們！」

　　他的手鑽進小姐的裙子裡，小姐說：「在這裡？哥哥你瘋了嗎？」卻不是不喜歡的眼神，兩個糾纏得難分難捨的身軀，移動到房間角落的廁所。

　　車塔卡無語搖搖頭想著：「那小子真的去廁所嘿咻了嗎？」此時剛好跟01查10對上眼，卻看到01查10瞬間把在自己身上的小姐的手移開。

　　「哥哥怎麼了？不喜歡嗎？」

　　為01查10服務的小姐咧嘴一笑，01查10的臉馬上漲紅，小姐

呵呵的笑著再問一次：「怎麼了？凍袜條了嗎？」

01查10突然間怒喊：「媽的妳這混蛋，給我安靜一點！」

口氣有點可怕，所以小姐整個愣住。

「哥哥……為什麼說髒話啊？氣氛不是很好嗎？」

車塔卡旁邊的小姐站了起來，臉色凝重了起來。

「這是在幹嗎？氣氛都被破壞了！怎麼一下子就變了？」

三宮一邊走出廁所一邊問，而坐著的四位男女都沒有回答，大致掌握情況的三宮把身邊的小姐讓給了01查10，讓原本在01查10的小姐來到自己身邊，三宮跟那位小姐聊了一陣子之後，那位小姐才笑顏逐開。

「聽起來是姊姊妳的不是啊！笑一個嘛！總是可能會出這種事情的啊……」

三宮這樣說了之後，幫01查10倒了杯啤酒，靠向不久前還在自己身旁的那個小姐耳邊說了句話。

「什麼？又？」

小姐笑得很詭異，三宮很快地又塞了幾張一萬韓元到小姐手上，小姐拿起兩條毛巾套在01查10的手臂上後，站了起來。

「哥哥……跟我去一趟廁所！」

01查10跟小姐去廁所的時間裡，三宮則是跟新的小姐邊喝啤酒邊聊天，看來聊得相當愉快，小姐笑得很開心，跟坐在01查10旁邊的樣子完全不同，這讓車塔卡有點不是滋味。

一邊想著：「這是在已經有贅肉的大嬸之間相當具有人氣是吧！」一邊抽著菸、喝著啤酒，沒過多久桌上就都是空酒瓶。六個人居然喝光了超過二十瓶的酒，喝了這麼多酒，卻只有最初點的那一盤水果

盤，這下他好像懂了三宮為什麼要他們先吃飯捲、大腸、炸物再來酒店的理由。

原本是三宮的小姐跟 01 查 10 進去廁所之後，大約五分鐘後出來，從廁所出來的 01 查 10 以傲慢的態度抽著菸，車塔卡瞬間好像一隻洩了氣了小狗一樣。

「你們去廁所是在幹嘛？」

車塔卡一問，三宮回說：「不知道，媽的。」

「該不會是在那裡面嘿咻吧？」

「我就說不知道！媽的混蛋！」

三宮假意生氣地放大音量，而 01 查 10 笑了出來。

「好奇的話你也去看看啊！媽的你就不會嗎？不要自己一個人裝純潔！」

「媽的你這混蛋，怎麼每句話都帶媽的啊！你這混蛋！」

車塔卡這樣反擊，三宮笑著，01 查 10 則是像是智障一樣不斷的重複「媽的媽的媽的」訕笑著。車塔卡拉起身旁的小姐往廁所去，那小姐說：「啊！我不做那個啊！」卻還是跟著車塔卡進去廁所。

廁所小到兩個人就能塞滿，一個小便斗、一個毛巾架，沒有洗手檯。小姐將毛巾掛在毛巾架上，然後蜷曲的坐到地上，邊笑邊伸出三根手指頭。

車塔卡一時不知道這是什麼意思，再加上燈光下那個小姐的臉蛋比自己想得還要老，他著實嚇了一大跳，小姐開口說：「三萬。」

皮夾正好現金滿滿的，那是毀了《最悲傷的約定》所拿到的錢，把錢拿給小姐之後，小姐解開車塔卡的褲子，然後像是識途老馬般的開始幫車塔卡服務起來，而車塔卡的視線則是朝著天花板看。

他想著《最悲傷的約定》。

「Nainthreadpicturees 跟電影導演也是讓想當藝人的女生這樣子做吧！」

享受完特別服務之後，車塔卡走出廁所一看，01 查 10 手拿著麥克風，像瘋子一樣的唱著歌，而那位原本是三宮的小姐的女生，現在成為 01 查 10 的小姐，在旁邊開心的跳著舞。

三宮跟他的新女人抱著跳藍調，不跟著歌曲節拍的搖擺著，撫摸著對方的背，熱情的擁吻，那女的根本陷入忘我的境界。

「哥哥……我們也來跳舞好嗎？」

小姐問了車塔卡，車塔卡搖頭說：「我不會跳舞。」小姐只好再度點起菸，車塔卡坐在他身旁一起抽著菸、喝著酒。三宮遞上歌本，強迫車塔卡要唱歌，他灌下幾杯酒後走向麥克風臺，連唱了三首歌。就算是唱搖滾樂，三宮跟 01 查 10 還是跟他們的女伴抱著跳藍調舞曲。01 查 10 居然還把手伸進入那個年紀根本就是他姨母的小姐衣服裡，摸著她的胸部，車塔卡的女伴則是一個人站上桌子跳著性感舞蹈，跳得很投入。

「哥哥……一定要打電話給我喔！知道嗎？一定要打喔……我們約好囉……」

時間快到了，三宮的第二個女伴姊姊不斷的跟三宮撒嬌，三宮微微笑。

到櫃檯結帳出來之後，車塔卡問三宮剛剛花了多少，三宮說不到四十萬，讓車塔卡嚇了好大一跳。

「你現在知道我為什麼要叫姊姊了吧？我們還喝了三十幾瓶的啤酒，還外加了特別服務，還可以去哪裡找這種便宜好康的地方！」

三宮笑著說。

「如果叫二十幾歲的小姐就不能這樣嗎？」

01查10這樣問道。

「年輕的女孩死命的矜持，連胸部都不給摸，而且我們又不是為了嘿咻才去的，我們是要喝酒唱歌，順便摸摸小姐自我慶祝的，媽的你們就滿腦袋只有想著嘿咻嗎？」

「也不是這樣……」

「你們這些人，如果想要好好讓年輕妹妹服務的話，不能去酒店，要去按摩店啊！那邊的年輕妹妹，連你們的菊花都願意舔。」

這話讓01查10安靜了下來。

三個人抽著菸，走在新村街道上，人們都皺起眉頭迴避他們，這讓車塔卡心情好了來，還沒有人像他們那樣醉，看了看時間，也才晚上九點。

這下他們開始好奇小氣鬼三宮為什麼願意花四十萬韓元，於是詢問三宮：「可是我們是要慶祝什麼？賺很多錢？」

聽到這提問的三宮，吐了口痰，大笑著說：「不！不是因為錢，是那部電影，就是那個《最悲傷的約定》啊！我想我們毀掉那部電影的同時，就好像越過了一道門檻，跟以前的案子不一樣，不是嗎？」

問號一出口，三宮好像被什麼東西絆了一下，差點跌倒，他應該也是醉了。

「我們真是他媽的天才！」

車塔卡同意的點頭。

「是吧？我也是這樣想。他們肯定為了那部電影投注不少廣告，給記者招待票、請吃飯，一定少不了的，讓H報跟K報這樣露骨地

為他們推這部電影。結果我們三個人阻擋了這一切，就只是我們三個人，可是居然沒有人知道。啊！那個叫李哲秀的混蛋知道，他真的慧眼識英雄，我想……我們應該可以……」

說得正開心的三宮突然停住。

「所以我們怎麼樣？」

車塔卡問。

「我們好像可以改變這個世界！」

三宮抱住車塔卡說著。

＊＊＊＊＊＊＊＊＊＊＊＊

（11 月 2 日錄音紀錄＃1）

**林商鎮**：錄音機開了嗎？我們繼續昨天的話題，那麼……您昨天說合包會給了一個相當特別的委託？是什麼委託？

**車塔卡**：嗯……這有點難以說明，來委託的人連他們要委託什麼都說不清楚，只說：「我最近有點煩惱某某情況，不過不太確定問題點在哪裡，以及該怎麼解決，你們覺得應該要怎麼做呢？」

**林商鎮**：委託的人是那個李哲秀嗎？

**車塔卡**：是的。

**林商鎮**：您有見過那位李哲秀嗎？

**車塔卡**：有的，那次是第一次見到這個人。

**林商鎮**：01 查 10 也一起去嗎？

**車塔卡**：不！只有我跟三宮去，01 查 10 是個宅男，無法與真人交流，所以我們沒想過帶他一起去，他也壓根沒有想跟的意思。

**林商鎮**：如何？那位李哲秀如何呢？是直接要求你們解決嗎？

**車塔卡**：就給我們看一篇報導，是 K 報社的新聞。

**林商鎮**：是我們報社的新聞？

**車塔卡**：對！你可以搜尋看看，我跟你說幾個關鍵字：「抵抗、聯合都很快速、確實」，幾個小小的網路社群聚集在一塊，像以前的學生會一樣，既有的一般市民團體就會開始注意這些網路……

**林商鎮**：請等一下，我找看看。

**車塔卡**：或是在 K 報關鍵字查查看 SSANGKEO、SETI、███留言板、MAHOL 一類的也可以。

**林商鎮：**啊！找到了，是▇▇▇前輩寫的新聞，育兒網站會員買下報社廣告批評國情院，電影評論社群邀請政治人物進行討論這件事情嗎？

**車塔卡：**是的，那天我們被招待到一間相當高級的日本料理店用餐，用餐到一半時，他要我們看那一篇新聞，說是最近的流行話題。

**林商鎮：**什麼成為話題？

**車塔卡：**那個叫李哲秀的人，話講得有條有理的，一開始先詢問我們知不知道這報導內提及的 SSANGKEO、MAHOL 一類的網站，我們當然說知道啊！接著問我們常用嗎？我們回答不常用，說：「這些網站不是大型網站，加入的程序相當麻煩，所以不是我們常用的網站。」那些社群的會員數大致上是數萬人到數千人不等，也不是馬上可以加入，必須提供身分證檔案，如果是想要宣傳什麼減肥產品或是育兒用品的話，可能會很認真積極的加入，可是對我們而言是無用的網站。但李哲秀說那些網站是我們社會黑暗的一面，如果放著不管的話會出事的，三宮開口問：「為……為什麼這麼說？」

那個，我就這樣直接轉述對話沒關係嗎？會很奇怪嗎？

**林商鎮：**不會奇怪啊！有種在看舞臺劇的感覺，挺有趣的。

**車塔卡：**我聽了昨天的錄音檔案之後，覺得我講出口的話一點脈絡都沒有，所以我今天還寫了幾個重點筆記過來，就幾個關鍵字、我能想到的部分、第一次跟李哲秀見面時的對話等內容，我就依據這個方式邊唸邊說明，這樣應該可以吧？要不然林記者您應該很忙碌才對？

**林商鎮：**我沒有關係，用您方便的方式說就可以。

**車塔卡：**好的，那我就繼續這樣說下去。總之三宮這個小子真的很好笑，明明就不是那種個性的人，可在李哲秀的面前就像隻小狗一樣溫馴，在背後卻一直說李哲秀是狗娘養的，卻又隱隱約約地表現出認

為李哲秀很了不起的感覺，當李哲秀認可他的想法時，又很感激的樣子。總之三宮那樣問之後，李哲秀一副戲謔的表情，反問我們網路的目的是什麼？

「網路有什麼目的嗎？網路不就是網路？」我們是這樣回覆的，然後李哲秀大笑的說，自己一度以為自己用網路改變了世界。

「網路已經不會改變歷史了吧？」我們這樣反問，不過李哲秀說：「沒錯，網路已經難以讓歷史往好的方向前進。」

但卻又說：「網路初次登場時，包含我在內的所有朋友，都認為網路是一項重大改變，足以引起網路革命。認為每個人，不論職位高低，都可以自由地交換意見、找出對策，也相信網路可以作為社會輔助工具，揭發權威，引領民主之路。被輿論漠視的問題，可以在網路媒體中找到出路，若有連網路媒體都無法觸及的灰暗面，則會由具有專門知識與能力的部落客挖掘。獨裁國家至今都扮演著這一類告發者、監視者的角色，但韓國也是這樣嗎？網路媒體或是部落客真的可以擔任這樣的角色嗎？不！只不過是原屬大型輿論媒體進行的壞事，轉而由業餘人士主導罷了。若說大型輿論媒體是斯文的恐嚇要抽廣告的話，網路媒體就以搪塞的方式為之，而部落客則是要求社區小型食堂店家贊助等等。如果說這是民主化的話，確實也可以說是民主化，但這是脅迫、恐嚇、敲詐的民主化，民主化就是每個人都可以做出骯髒、卑劣的事情。如果說那些網路媒體或是部落客有做到一般大型輿論媒體沒做到的新聞報導的話，就是這些，誰誰誰做了什麼、男女的十四種想法差異、會隨歌曲起舞的日本小狗狗之類……」

聽到這裡，我覺得他好像說得對，不過又能怎樣，這跟這些網路社群有什麼關係？總不會是要叫我們教化那些網路媒體或是部落客吧！

**林商鎮**：那個叫李哲秀的人真的是那樣說的？

**車塔卡**：雖然不是原話照搬，不過大概就是這樣意思。

**林商鎮**：這段話非常長……

**車塔卡**：講起話來熱血沸騰，好似先前是學運出身的一樣，用語也是。反正我們就是邊吃生魚片，邊說著：「是的、是的、好的、好的。」然後那個人放下筷子繼續長篇大論，他還說：「有一段時間以為網路是永遠匿名的空間，然後發現許許多多傳聞、猜測、錯誤資訊等等，想著如果其中有有益的資訊的話，人們應該會吸收正確資訊、修正錯誤想法才對。但這是錯誤的想法，網路資訊太多，難以區分真假，反而結合成不同群體。

「你們看看人們是怎麼看電視的，因為轉臺很麻煩，所以就忍著看廣告。網路也是如此，人們絕對不會四處搜尋網站，找尋自己該知道的事情、該修正的問題點，只會去喜愛的兩、三個網站，拚命地更新那邊有沒有新的消息。

「但是那些網站又是以什麼方式在製造偏見，這些網路世界有自己的想法與方向，會比學校或是職場這些人們聚集的空間更容易養成偏見，如果長期流連在那些地方，會變成什麼樣子呢？一開始只是想裝飾家裡，或是想要獲得育兒的資訊而加入那些網站。

「在那邊可以說說婆家或是先生的壞話，有人理解產後憂鬱症，所以對那些網站產生不同程度的依賴。回歸職場之後，邊上班邊帶小孩好累，地鐵裡老人總是霸道的要求讓座，對於這樣的韓國社會感到心灰意冷。只要有人上傳這些文字，就會有更多人紛紛表示共鳴，下方就狂蓋起留言大樓。

「可是，社會還是沒有改變，所以就是既得利益者的錯，因為國家跟

財團、媒體都與既得利益者相互勾結的緣故。若有一個人認為不是這樣而發言反駁，其他九個人就會因為生氣而孤立他。如果都是進步派想法的十個人聚在一起討論國事，一段時間之後，就會有三個人變成極左派。相反也是，他們都不覺得自己是極端主義者，因為在自己面前的那九個人，平均想法都跟自己差異不大。

「最後，在那種環境待越久，越只看自己想看的東西，只相信自己想相信的東西，這就是偏見。這比電視更可怕，電視至少還能達到某些平衡，觀眾不可能只看自己想看的新聞，可是這些新興網路社群不一樣，人們更容易深陷於電視或是廣播不易做到的情況，他們傳遞的是曲解的世界，不需經過任何審議，也不會被告，這些社群網路比罪惡的報紙、電視臺更能傷害民主主義。」

李哲秀這樣說著，我們就聽著，說真的還頗能說服我們的。

**林商鎮：**這無法說服我，如果這真的是問題，那保守傾向的網站也有同樣的問題囉？可是您提過阿爾萊所攻擊的網站都是進步團體的網站不是嗎？

**車塔卡：**不！當時的我們並不知道，而且，說真的，保守團體中幾乎沒有設立那種封閉型的社群網路不是嗎？

**林商鎮：**沒有嗎？

**車塔卡：**有時候政治傾向的差異，就跟男女差異一樣，我們在接受委託的時候，並沒有想說哪個是保守、哪個是進步，我們當時就是認為那不是開放型，而是封閉型的社群。事實上，開放型網站中，像todayhumor 或是 clien 這一類，也是屬於進步團體。可是李哲秀認為有問題的是封閉型的小型網站，開放的網站會在意他人的想法，而且因為使用者眾多，所以有互相牽制的功能。但是封閉型的網站就不

是這樣了，當他具備一定規模時，封閉網站就成為進步團體的天堂，保守人士就消失，而這些都是女性多的網站。

**林商鎮**：為什麼會這樣呢？

**車塔卡**：這個嘛……可能是女生比較喜歡相對輕鬆的空間，女生偏向喜歡這樣的空間不是嗎？女生不是比男生更用心、更擅長敦親睦鄰，要不然保守團體怎麼會更愛那些新聞網站呢？

**林商鎮**：可能是活在男性為主的社會中，男性可以隨時說出不滿，但是女性卻沒有辦法才會這樣吧！

**車塔卡**：可能吧！可能保守派的人年紀都偏大，不知道什麼是網路管理，所以無法建置封閉型網站，但我們反而更好奇其他部分。

**林商鎮**：哪個部分？

**車塔卡**：就是為什麼要花錢來做這些事情啊？李哲秀說要給我們五千萬韓元，可是我們做了這些事情，對他們也不會產生利益，不是什麼合法、非法的問題，像是選舉的時候留什麼言會給錢一樣，因為那樣可以當選，所以當然要給錢。但是這個……這個對誰有益、又會有什麼好處，我們實在是搞不懂。

**林商鎮**：明確的委託內容是什麼？

**車塔卡**：那個新聞「抵抗、聯合都很快速、確實」的出處網站之一，他要我們毀壞他們的影響力，或是削弱他們的影響力，他們嘗試採用駭客的方式，或是 DDoS 攻擊，但是都無效，所以要我們找出方法。根據李哲秀的說法，他們用過駭客攻擊，但只能維持一、兩天。也試過雇用網軍部隊，上傳一些不同立場的文字，可是這些使用者會被認定這是國情院雇來的打工仔，而被封鎖帳號，李哲秀就是想要給那些使用者一個教訓，想給那些網站使用者一個不單純的教訓。

＊＊＊＊＊＊＊＊＊＊＊＊＊＊

「那個……我……我可以問要做這件事情的理由嗎？」

車塔卡猶豫地問，坐在他面前的三宮一臉僵硬，露出「這有什麼好問的，白癡喔！」的表情。

聽到這個提問的李哲秀，反問了一個奇怪的問題：「孩子啊！你們有女朋友嗎？」

車塔卡與三宮面面相覷一段時間，終於開口說：「沒有。」

「有交過女朋友嗎？」

車塔卡謊稱「有交過」，而三宮說有交過。

「還好！先前的那個女朋友漂亮嗎？」

正想著謊言被拆穿的車塔卡，只能說出：「就……就很可愛。」而三宮說：「客觀看來，其中有兩個是不錯的。」

「最近的青年朋友，應該是說男性青年朋友，真的是讓我看不下去，交個女朋友怎麼會如此困難，女生的眼光變高了、對男生的要求多了。什麼禮貌是基本、要有車、有好的工作、身高還要夠高！男女平等的時代，約會的費用還要男生付。那像我們那個時代，男生們都是聽著『草鞋也成雙論對 [註5]』的話長大的，最近好像不是這樣。什麼『母胎單身』的，都要笑死我了，孩子啊！你們知道為什麼母胎單身突然變這樣多嗎？」

「為什麼？」

「現在韓國的二十幾歲孩子，男生比女生多四十萬人，以前則是男女人口數相似。只有二十幾歲的人是這樣，所以現在二十幾歲的男

---

註5：韓國諺語，比喻再卑微的人也有自己的配偶。

生，不可以再相信什麼『草鞋也成雙論對』這種話了，要不然一輩子都結不了婚就老死了，找找越南新娘的機率還高一點。」

車塔卡都被嚇傻了，第一次聽到這種事情。

「四十萬人？」

三宮也一副被嚇到的樣子問：「為什麼會這樣呢？」

「一九八○年代後期，大約有十年左右的家庭計畫是這樣的，國家希望不要生第二、第三胎，還有『只生一個也能讓人口不斷增加』的宣傳標語。可是我們的文化上本來就比較重視生男生，加上當時鑑別胎兒性別的技術發達，所以懷孕一知道是女生就會選擇墮胎，真的是很偉大的行為！所以你們這世代的男生為了無法談戀愛而苦惱，都是你們父母親世代的關係，當然，你們父母並不覺得他們有責任，根本就沒有人知道這個問題的關鍵是什麼，你們就只是受害者而已。」

「所以呢？」

「所以我說啊！十年、二十年前都已經有預告會出現這種情況了，包含你們這些孩子的所有同齡人中，有幾位註定一出生就是母胎單身，因為可以成為你們另一半的人根本就不夠。可是你們這個世代的男生，或是你們的父母，根本沒有人關心這件事情，所以這種問題誰要擔心、誰要找尋、做出對策？哪一個政權？還是哪一個政治人物？那些人都不是幾十年後要承受這一切的人，所以明明知道會出現這種問題，卻當成沒看見。但是不是所有人都不擔心幾十年會發生的問題，還是有一些很少數、擔心國家未來的人們在關心這件事情。這些人現在注意到網路社群雖小，卻可能暗藏致命的癌細胞，在我們眼裡，比男女性別差異更令人在乎。」

李哲秀的話讓三宮跟車塔卡頻頻點頭。

回新村的路上車塔卡問三宮：「你相信那個人說的話？」

「什麼話？」

「他們是為國家的未來做這些事情的話。」

三宮先是沒有開口，後來說：「知道這個幹嘛，我們就拿錢辦事就好。」

「因為很奇怪啊！為什麼要花錢在這上面？」

這話讓三宮停下腳步，他看向四周那三十樓以上的住商混合大樓，指著其中一棟說：「欸……你覺得那種房子多少錢啊？」

「你現在也在學李哲秀講話嗎？說重點！」

「那種大樓最少要幾百億才能買到，可是那個大樓卻還是有人可以擁有，那種大樓在我國有幾千、幾萬棟，那代表財產多達數百億、數千億的人，多達數千、數萬名。」

「所以呢？」

「那數千、數萬人當中，一定有一、兩個是瘋子，要不然就是真的為國家未來擔心。看看網路上那些不懂事的小朋友，做著不像話的事情，那些人都有三千萬、五千萬嗎？我們就把這些錢當成喝酒抽菸的錢不就好了？」

「是這樣嗎？」

這話，聽起來好似真的能說服人一樣。

「話說，我們現在不是要擔心這種事情的時候吧！那個社群要怎麼做才好？我們根本不是那些有錢人，我們需要那五千萬啊！」

「哎唷……你們這混小子，一個個都應該送軍隊去磨練才對！」

三宮邊轉動手中的菸邊說著。

「最好能夠睡過一輪那些泡菜女……」

專心看著監視螢幕的 01 查 10 回應了這一句。

他們待在客廳，各自抱著自己的筆電，抽著菸，全心全意在在監視著那些留言板。

李哲秀給阿爾萊好幾組不會被追蹤的海外虛擬私人網路（VPN）的 IP 帳號，全數都是付費帳號，再也不用找尋免費 wifi 或是光纖，可以把時間完全用在做好這個委託，不過代價是整個客廳煙霧瀰漫。

李哲秀還說「這是之前雇用的業者做的」，給了他們四個社群的帳號跟密碼，大約百來個左右。

但是這百來個依然不可能足夠，這四個社群都是申請與計分制度，如果以留言製造紛亂的話，使用者會按下文字後方的檢舉按鈕或是給予負分，當次數到達一定數量時，會有一段時間無法進入，或是被趕出社群。更不用說這些社群的加入程序很複雜，所以這些帳號不可能只使用單次。

減肥跟整型手術資訊較多的社群「SANGKEO」，就是 Daum 的 http://top.cafe.daum.net，如果要加入的話，必須以實際本名註冊 Daum 的帳號。提供十幾、二十幾歲使用者，關於藝人、流行資訊或是戀愛諮詢的「SETI」，則是有一部分內容屬於非公開，想在這些地方留言就必須要有既有會員推薦才行。

電影或是音樂劇、音樂比重較多的「恩眾留言板」會員，是必須經過考試的，大家稱為「入團考試」。育兒資訊的社群「MAHOL」，男性是可以加入的，但必須繳交與妻子、孩子一同入鏡的照片。

一開始這些網站具有社群共享的特性，所以專屬的縮寫與用語也不盡相同，大概就是「閉、眼、三」一類的話語，新進的會員們要閉嘴看（不發文、只看文）三週或是三個月，才能掌握社群的定調。

「我們連這個都要學嗎？我們就先弄倒其中一個吧！」

三宮這樣說，車塔卡跟 01 查 10 同意三宮的這個說法，合包會並沒有要求任何哪一個社群，而是要他們找出一個共通的方法。

所以他們決定要先拿到「███留言板」的入場券，這個留言板會員人數約十萬人，是該報導中提及的社群中規模最小，而且相較於其他社群，他們討論的內容比較全方位。

███留言板的全名是「恩律的世紀末前十億年的留言板」，恩律是一位以匿名活躍於網路專欄的文化評論家，他的文章讓許多二、三十歲的女性感同身受，在網路世界相當有名氣，是多家報紙跟雜誌的固定陣容。

諷刺「大韓民國大叔文化」就是恩律的作品，是正義黨的支持者，公開宣言自己是雙性戀者，從文章看來是應該是一位三十歲、接近四十歲的女性，但卻沒有一個正確的說法。而阿爾萊對於恩律的評價是流連於弘大、滿口進步論調的泡菜女。

「███留言板」的會員多半與恩律有相同的想法，而因為他們將車塔卡當成歌曲在哼唱的「老處女們歇斯底里地在大便」一類言論放在置頂，嚴格規範不可用粗俗用語，所以讓車塔卡非常不爽，讓他覺得好像是被一群女生笑一樣，在一群看起來漂亮又成熟的女人面前。

他們上傳的文字有「韓國為什麼是這副德性？」或是「我們韓國五十歲左右的人跟新國家黨（새누리당）的支持者，個個都是一副豬腦袋」，或是「我好期待拉斯馮提爾（Lars von Trier）導演這回的新作品」等等。整個留言板的人都認為三星跟新自由主義是萬惡的根源，卻個個都喜歡名牌貨，流連於二手交易市場；認為「修長豐滿」是貶低女性的話，卻貪戀於男子偶像團體中有腹肌的成員，毫不掩飾

地說想要摸摸看。

　　當車塔卡看到這些留言之後，突然可以理解那個背景不詳的委託人的動機了，如果我有幾百億的話，是值得花上五千萬來做這件事情，三宮跟 01 查 10 也深表贊同。

　　「那些滿口 PC（Political Correctness：政治正確）的神經病，每一句話都沒有 PC，就只是喜歡道不平，真讓人心情不好，今天晚上我們來點泡菜吧！」

　　三宮這樣說。

　　「可是政治不正確到底是什麼？那些人為何這麼喜歡這個詞？」01 查 10 問。

　　「你白癡喔！不知道的話搜尋看看啊！維基百科都有。」

　　就在車塔卡跟 01 查 10 解釋政治不正確的概念時，三宮接了一通不知道哪邊來的電話。

　　「嗯……對啊……我們純情男說他很想姊姊妳啊！我也想妳啊！最近好像有什麼很有名的冰店，姊姊你吃過嗎？」

　　講了好一陣子的電話之後，三宮掛上電話，邊著裝邊說：「我出去一下。」

　　「去哪？」

　　「媽的！去嘿咻啦！」

　　「跟誰？」

　　車塔卡跟 01 查 10 同時問。

　　「當初在酒店認識的姊姊啊！我跟那個姊姊有用 KakaoTalk 聯絡，現在是朋友了，請她吃個冰順便嘿咻，根本就是划算極了。」

　　三宮說完就離開。

「瘋子！他就一個人這樣離開，那我們要怎麼辦？」

01查10等三宮搭上電梯下樓的聲音出現幾秒之後，才開始抱怨，幾分鐘過後，又再次詢問車塔卡：「那小子現在要去見的那個泡菜女，是原本跟我在一起的那一個？還是後來跟我在一起的那一個？」

「你這瘋子，這我怎麼可能會知道。」

車塔卡反諷的說，他一直看著■■留言板，可是已經無法集中精神了。他想起了他一直想忘記在酒店看到這些上了年紀的女人走進來時，他內心的衝擊跟抗拒感。

「三宮那個混蛋真的很會勾引女生，為什麼我就是學不會呢？」

■■留言板出現對於新當選進步陣營的教育監[6]的批評文章，「我不懂那位說要廢止自律高中[7]的進步陣營教育監，為什麼把自己的兩個小孩送進外國語高中？」

寫出這篇留言的人，相當程度的理解這個留言板的氛圍，他寫道：「從民主勞動黨時期，我一直都是支持進步陣營，認為朝中東[8]的報導都是陰謀，完全不相信，但是這一次讓我有點傷心。」

第一個回文留言是這樣寫的。

「他有說是他的孩子自己想去念外國語高中，孩子自己準備考試，然後合格入學的，又不是走後門要求入學的，這有什麼好當成問題的。」

註6：韓國於首爾、各個廣域市、各道教育委員會負責人，依據臺灣的制度應該是各縣市教育局局長的位階，透過韓國地方選舉選出。

註7：自律高中，全名為「自律型私立高中（자율형 사립고등학교）」，比現有的自立型私立高中（자립형 사립고등학교）更講求自律。依據初中高等學校施行令第九十一條第三項，賦予學生多元的選擇權，包含教學科目、教職員人事等等都由學校自律訂定，不接受政府補助，學費約為一般學校的三倍左右。

註8：朝鮮日報、中央日報、東亞日報三大報，皆被認為是保守陣營的報系。

接下來的幾個回文留言是這樣寫的。

> 「看起來毫無誠意，那個解釋內容在 GOOGLE 檢索是第一順位。」
> 「居然還有人相信進步陣營的人是住在會漏雨的房子裡，雙八年度[註9]的想法居然到現在還可以深植人心。」
> 「你去舉報啊！」
> 「去多方打聽一下再說話好嗎？是要縮減自律高，又沒說要廢止外高。」
> 接下來就是說這位進步陣營的教育監很帥、兒女教育很棒，好羨慕等等的留言。
> 「說點題外話，他那個二兒子怎麼這麼可愛、這麼帥，科科科。說想要去男女合校的學校，所以才想去外高，真的太有趣太可愛了，科科科。我一直都覺得青春期的男孩髒髒的、有點噁心，現在有點改觀了。」

　　車塔卡邊抽菸邊想著：「如果他這樣說是對的話，憑什麼阻止想去自律高的其他孩子？」■■留言板的會員對不同意見者的行徑，可說是比中世紀對付異端的審判還不如。車塔卡厭煩了繼續看■■，抬

註9：老一輩韓國人所謂的雙八年度，係指當時處於貧窮落後的年代，但並非指稱 1988 年，而是韓國傳統紀年檀君紀元，檀君 4288 年，也就是西元 1955 年，當時的韓國屬於貧窮時期，人們也多半採用檀君紀年。而今韓國人早已習慣使用西元紀念，所以對於雙八年度所指稱的年份會產生混淆。

頭要問 01 查 10 可以做什麼時，發現那混蛋在玩遊戲。

「幹！你在玩遊戲？」

「怎樣？」

「三宮跑去玩女人，你給我玩遊戲，只有我一個人工作？」

車塔卡以為 01 查 10 會回說：「那你也玩啊！你這個變態。」

但是 01 查 10 居然說：「誒！我們去按摩！」

「媽的，你這瘋子！」

「我有認識一家，在江東區吉洞那邊，服務超棒的！」

「你怎麼可能會知道，一定是看網路心得對吧？」

01 查 10 毫不遲疑的上網找出那篇按摩心得給車塔卡看。

「這樣的服務內容一小時只要十七萬耶！」

01 查 10 的口吻完全是充滿期待。

「你這白癡，你認真點看看，這真的是心得嗎？這是廣告，你這傻子，我們還會被這種手法騙的話，你說像話嗎？」

「這不是廣告！我確定過了，寫這篇文章的是個有名的部落客，外遇專門部落客！」

「就是弄一個外遇專門部落格而已，寫心得給一次免費服務的那種。」

「幹！你自己看，這個部落格是該罵就罵的部落格！」

01 查 10 生氣地把筆電遞給車塔卡，車塔卡依著 01 查 10 看的網址輸入自己的筆電，開始喃喃自語的說：「這是真……的嗎？」

「走啦！一起去按摩。」

01 查 10 繼續勸說著。

「可是一定要去吉洞去嗎？新村這邊不是也很多？經過的時候好

像看到不少招牌都是。」

　　車塔卡小聲的嘟囔，看了那個部落客「窒息」如此細密的描繪，真的令人相當心動。

　　「他說這裡超讚的，就像 KTV 的歌本一樣，可以看照片挑女生，年紀都超小，會檢查證件確定年紀，超過三十就趕走！」

　　01 查 10 繼續說著：「可以看照片挑人的地方只有這裡。」

　　因此他堅持要去吉洞，車塔卡還是很猶豫，01 查 10 就說要出計程車費用。

　　計程車內，01 查 10 說：「你知道母胎單身的人那麼多的科學理由吧？也知道目前我國二十歲男性比二十歲女性多四十萬對吧？」

　　「你現在要講的事情是從三宮那邊聽的對吧？」

　　車塔卡嗤笑著回應。

　　「咦！？三宮也跟你說了？」

　　「那個事情，是我跟三宮一起聽到的。」

　　「啊！那個狗娘養的，講得好像是他自己想的一樣。」

　　「也不是頭腦不好或是瘋子，像是什麼『學者症候群（Savant syndrome）』吧！」三宮曾經在 01 查 10 不在場的情況下，這樣評論 01 查 10。

　　01 查 10 在電腦跟網路部分相當具有天分與實力，也相當執著於這些事物上，但是在人際關係上卻很生疏，根本不能說是內向或是社交能力弱，有時候根本就跟一個不懂韓國文化的外國人一樣，不！應該說他根本就是個不懂人間情緒的外星人。

　　車塔卡在網路上查詢關於學者症候群的文章，所謂學者症候群是亞斯伯格症候群（Asperger syndrome）的一種假說，所以他又看了亞

斯伯格症候群相關的文章，以及其他的一些連結文章。他覺得 01 查 10 的症狀應該不是學者症候群或是亞斯伯格症候群，而應該是「脈封力格症候群」[註10] 才對。不過他不是什麼重症患者，應該是軍隊老人會很愛的、可以去當兵沒問題的那種，事實上 01 查 10 已經當過兵，跟軍隊的環境也很合。

根據網路上的說明，脈封力格症候群患者與世俗既定的印象不同，不會抗拒與他人有交流，反而是懇切的希望自己與其他人一樣，擁有自然的人際關係。但他們無法從人的表情、說話的語調得知他人的想法，卻能判別文字的語調，天生就是個網路高手。

脈封力格症候群患者多半都是幼年時有被孤立的經歷，他們會誤會他人瞬間的動作是要打他們，01 查 10 對於三宮或是車塔卡抬手或是做大的動作時，身體會不自覺的瑟縮或迴避，但從他的表情會看出他覺得丟臉，這個症候群的患者會因為對方的玩笑話或沉默而出現暴力反應。

01 查 10 根本無法接受在公共場所談及淫亂的議題，但從按摩房出來之後卻相當興奮，一直講著剛剛在按摩房的事情。車塔卡臉色也給了，也試著轉移話題，但是都沒有用，他不斷的吹噓那個走進自己房間的女孩，持續三十分鐘不斷地撫摸著自己。

「但後來她累了，我就說換我來，要她躺下來，她就說哥哥……你想要幾壘？我的天啊，真的太可愛了！」

車塔卡一臉大便的抽著菸，兩個人都不想付計程車費用，所以一

註 10：是作者虛構的病名，作者於訪談中，當提問者及這項病症時說：「很感謝大家，同時也很抱歉，事實上並沒有這個病症，是我創造出來的，與亞斯伯格症候群相當類似，所以小說中先是提及應該是亞斯伯格症候群，後又走向應該是脈封力格症候群。」訪談內容請參考 http://blog.aladin.co.kr/line/8550750。

起走往鄰近的地鐵站，然而他們身上的菸味，濃到行人都以一副嫌惡的表情迴避他們。

「可是試了一下才發現，要在床上這樣做真的不簡單，我看到那女孩的手都有肌肉了，可是就這樣進去了，沒有穿小雨衣，她嚇到我也嚇到。」

「很喜歡吧！那怎麼可以忍住不出來？」

01 查 10 居然不覺得這是在笑他，反而滿臉漲紅小聲的說：「其實我出門前有自己來過。」

「你有讓女生舔嗎？」

車塔卡這樣問著。

「當然，怎麼了？你沒有嗎？」

「喔……你這人。」

「怎樣？想怎樣？不都是你的運氣問題，人生都是運氣，有好父母是運氣，能在按摩房選到一個好女孩也是運氣。」

「幹！」

車塔卡邊笑邊作勢要打 01 查 10，他先是嚇了一跳準備逃跑，卻馬上領悟到車塔卡是在開玩笑。

01 查 10 在地鐵上繼續想說：「可是那個舔菊花這件事情啊！」

車塔卡遏止他說：「喂！」

聲音大到周圍的人都看向他們，01 查 10 說：「咦！在這裡說是不是有點那個。」

然後拿出他的手機，用訊息傳給車塔卡。

「我說那個舔菊花啊⋯⋯」

　　　　　　　　　　　　　　「怎樣？」

「一天做了兩個人，一年就舔過七百個男生的屁股。」

　　　　　　　　　　　　「他們週末不休息嗎？」

「我不要跟那種女生結婚。」

　　　　　　　　　「他們應該也不想跟你結婚。」

「三宮不是說那個嗎？不夠四十萬名，女生不夠。」

　　　　　　　　　　　　　　　「嗯嗯！」

「應該是不夠八十萬吧？」

　　　　　　　　　　　　　「為什麼？」

「因為韓國有三十萬名賣身的女性啊！」

「要把這些人排除，你可以跟那種女生結婚嗎？」

　　　　　　　　　　　　「哪來的數字？」

「natepann 跟 Ilbe。」

　　　　　　　　　　　　「給我網址。」

「goo.gl/pkrDvw」

　　　　　　　　　「這邊寫十三萬人耶⋯⋯」

「這也有寫超過百萬人。」

　　　　　　　　　　　　　「幹⋯⋯」

「你敢跟舔過七百個男人菊花的女人親吻跟嘿咻嗎？」

　　　　　　　　「難道真的只能找烏克蘭嗎？」

「我不想跟說不了話的女生結婚。」

　　　　　　　　　「只要有美妙身軀即可。」

「那些女生都是跟誰結婚？
今天，那些幫我服務的女生看起來都很善良。」

　　　　　　　　　　　「應該可以找到一些冤大頭吧！」

「可憐的冤大頭們！」

　　「你們去哪裡了？」

　　回到公寓，三宮穿著條內褲坐在筆電前，邊喝著酒。

　　「去喝酒。」

　　車塔卡回應。

　　「你們兩個？到外面喝？你們不是一向都在家裡喝嗎？說什麼要省錢。」

　　「跟那女人見面如何？做了嗎？」

　　01 查 10 插進來詢問：「夠了，你們去看一下▉▉▉留言板，我剛剛放了個火。」

　　三宮笑著說。

＊＊＊＊＊＊＊＊＊＊＊＊＊＊

（11 月 2 日錄音紀錄 # 2）

**林商鎮**：以夷制夷？

**車塔卡**：當時我們的立場是覺得███留言板的使用者像蠻夷一樣，所以不論我們做什麼，應該都沒關係。

**林商鎮**：沒關係，請繼續說下去。

**車塔卡**：一開始上傳的是柳賢振選手的留言，後來是 Defconn[11] 的報導……還是後話之類的，那邊是許多年輕女生聚集的地方，原本是一位文化評論家上傳了一些電視節目或是電影之類的留言，也會即時發布一些有線電視綜藝節目的評論，討論一些藝人或是偶像團體的新聞，聊著個人的看法。那是 Defconn 離開《我獨自一個生活（나 혼자 산다）》[12] 的新聞，您知道《我獨自一個生活》這個節目吧？男生獨自一個人生活的那個真人實境秀。

**林商鎮**：我知道這個節目，只是沒看過，這篇報導是怎樣變成導火線的呢？

**車塔卡**：有人看了那一集的節目後，寫下「他應該不是因為要跟弟弟一起住才離開這個節目，應該是有女朋友了，如果是真的有女朋友的話，希望是個漂亮的女孩。」

然後底下留言是這樣寫的：

「我也是這樣想 222。」

「我也是這樣想 333。」

---

註 11：Defconn，本名劉大俊，韓國主持人及 Hip-hop 男歌手。

註 12：MBC 從 2013 年 3 月 22 日起，於每週五晚間十一點十分播放的綜藝節目。

「Defconn 也該交女朋友了。」

「《我獨自一個生活》最大的受惠者是節目導演跟 Defconn 吧！」

三宮在這裡攪局式的放了個留言。

「明明不認識這個人，卻拿來說嘴，低劣耶！我真不懂這跟垃圾記者做的垃圾事有什麼不一樣。」

有人站在三宮這邊，這樣寫：

「寫上面那篇文章的人，我從以前就覺得他都寫一些毫無根據、與藝人相關的留言。說真的，過去那段時間每每都讓我覺得很受不了。」

接著就開始分邊站了，寫那篇文章的人回應了一篇。

「我又不是罵 Defconn，只不過是看了節目覺得有趣跟開點玩笑而已，這樣值得被罵成那樣嗎？請不要動不動就教訓人好嗎？」

三宮覺得有趣，開始學起▇▇▇留言板使用者的口吻回應那個反駁。

「又不是其他地方，居然也會在這裡看到有人辯解說是有趣跟開點玩笑，您為了好笑，就可以隨便把一個年輕、形象不錯的歌手，說成是帶女生回家婚前同居嗎？這一切看起來就好像掩飾謊言辯解的幼稚男性一般，我絕對不會那樣說。」

接下來就出現了「病林匹克」，啊！您知道什麼是病林匹克嗎？

**林商鎮：**好像知道，是神經病奧林匹克對吧？

**車塔卡：**對，就是爆發了留言大戰。意外的是跟三宮同一陣線的人還頗多的，有些內容在我們看來根本就是無可理喻的固執己見，真的太奇怪。當留言越來越長，原本上傳那篇文章的那個人，就顯得寒酸拙劣，與三宮同一陣線的人卻顯得光明磊落。

「藝人是公眾人物，因為是公眾人物，所以應該某一程度內要承受大眾的關心。」一類的理論與「是公眾人物就沒有私生活保護嗎？朴載

範事件不就是我們開始思考公眾人物私生活的開始嗎？」的反駁。

有一篇名為「關於談論公眾人物的暴力性」，標題跟內容都寫得像論文一樣故弄玄虛的文章。在我看來寫這篇文章的人更暴力，感覺是為了要保護 Defconn 免於暴力言論，所以要攻擊這些留言跟留言者的樣子。真的是一群喜歡暴力的人，不管是批判說是暴力，還是以暴力為名。

也有人主張「在這篇說什麼 Defconn 會看到嗎？不是可以就當成在酒館聽到人們背後說些什麼不就好了嗎？」對於這個說法，有人反駁說：「所以男員工聚在一起，說哪個女員工身材如何、嚐起來如何之類的話呢？不是當事人不知道那種感覺不是嗎？」

**林商鎮**：一篇留言就可以這樣引起這樣的論戰？

**車塔卡**：可能是那篇文章的作者本來就讓人討厭吧！不過本來每一個留言板中有名的人都會成為被討厭的對象。

**林商鎮**：因為嫉妒嗎？

**車塔卡**：這是網路法則之一，特別是這種女性為主的網站更容易這樣，在半公開的留言板中，稱呼這些有名的人為「named」。可是在██留言板，多數人都忙著裝酷、裝神祕，所以要在這裡要成為「named」，就比須比他人酷、比他人神祕、比他人更進步才可以，別人知道或不知道不重要，就是要假裝厲害才有可能成為「named」，所以背後就會出現「被我抓到一次試試看」的人。

**林商鎮**：這就是██留言板的特色不是嗎？

**車塔卡**：別的地方也是一樣的，會員個個都很幼稚的強調和諧，這根本不是裝神祕，而是一個愛管閒事的地方。看看那些人，在留言板上會讚美看過許多文章、多次回應留言的人，認為只要花夠多的時間在

那上面，就可以理所當然地獲得某些回饋。

**林商鎮：**男性為主的網站不會這樣嗎？

**車塔卡：**男性為主的網站其實也一樣，明明留言也沒人給錢，但為什麼他們如此用心撰寫文章、喜歡回應留言，是因為可以獲得別人認可自己的回應留言。可是那種自己想法明明不怎麼樣的人，看到有人備受矚目就會嫉妒，這根本不對啊！一點都不正義，可是個個都自以為正義。

男性為主的網站，只要是轉文推薦或是回應留言的話，就會被「剛剛某篇轉文的原文網址在這裡」一類的留言攻擊，可是男生跟女生不同的是，男生會集中在一件一件的案子上，不像女生需要親密感跟共鳴，男生注重幽默跟提供知識的快感，所以他們社群的相親相愛的程度就不足。

但基底都差不多，世人對世人的鬥爭、等待機會出現可以一舉擊倒對方，而我們總是能知道這些人發瘋似的拿起刀揮舞的時間點。

**林商鎮：**所以是時間問題，不是論理或是說服方式的問題？

**車塔卡：**論理的話隨便從哪邊複製貼上罷了，時間比較重要。

**林商鎮：**那是什麼時候呢？

**車塔卡：**當自己成為多數的時候。當自己不認識的人發表了一篇模稜兩可的文章時，大家都會觀望，會猶豫是該認同還是該攻擊。可是當某個人回應：「我也是，一百倍認同！」的回應留言時，這下大家都知道有兩個人同意，只要有人寫：「文字真棒，讀著讀著還以為是我的經歷。」的話，這篇文章彷彿成為銅牆鐵壁般的有分量。

但如果這時有另一個人提出：「這段文字，只有我覺得哪裡怪怪的嗎？」的話，就彷彿撕開攻擊的縫隙，接下來就會出現：「我也覺得

很奇怪，可是都沒人說什麼，其他人也覺得沒關係嗎？」的留言，一切似乎準備就緒了。只要加上「這種令人無言的說法，我還是第一次聽到。」以及有人強調「真的令人很不愉快，就像好喝的咖啡突然變苦澀一樣。」接下來就輪到我拔出我的刀，開啟這場筆戰。

只需要挖苦諷刺的留言連續三則即可，不同意見的人就會消聲匿跡，那些無處可宣洩，在網路上到處閒晃的土狼狗、想要假扮成有學識的女人的小鯊魚們，就會到處開火，而我們擁有███留言板的幾個帳號，就可以開始動手攪亂這一切。

**林商鎮**：這有效嗎？

**車塔卡**：有效的驚人，這讓我們覺得人類就是這樣惡劣。覺得這種方式有效的最大原因，是他們根本平常就這樣做，只是沒有人會說什麼、沒有人會舉發而已。我們不用半語[註13] 或是髒話，但對方常因為過度憤怒而用半語或是髒話，其他使用者就會指正使用半語或是髒話的事實，或是給予負分或是舉發。指正時會說：「意見會有不同，但是○○網友不應該違反留言板使用規定。」

███留言板在這之前，突然持續地出現擁護新國家黨而批評全國教師聯盟的文章，不過幾乎都遭到霸凌，最後皆被強制退出。在沒有違反留言板規則的情況下，使用者同心協力的拉攏自己人，用釣魚的方式，不用髒話卻持續用文字刺激這些人，最後這些人被激怒了，說出卑劣的話語，讓自己獲得無數負分或是告發。

說是他們對於釣魚沒興趣、不會放出誘餌做這些事情，但其實他們卻用這種方法趕人。這種行為隨時隨地都在發生，我們不過是提供這些

---

註 13：韓文可分為「敬語」跟「半語」兩種，半語是用在比自己年紀小和同輩的人，其他情況多以敬語為主。

人另一個狩獵的舞臺罷了。

**林商鎮：** 可以舉例說明一下嗎？究竟是用什麼方法抓到這些把柄的？

**車塔卡：** 就我的印象所及是這樣做的，您知道柳賢振選手有一個別名叫做柳胖對吧？有人是這樣寫文章的：「柳胖，今天十一勝」然後說恭喜、那場比賽非常精彩，通常這樣的文章很常見對吧？在這樣的文章之下悄悄地插上一句：「就算在其他地方都柳胖柳胖的叫，現在連在恩留都要這樣叫他嗎？嚴格說來是在鄙視外貌。」

接著再用其他帳號留言說：「說真的，我每次聽到這個別名都覺得很不開心，說有多生氣就有多生氣。」這樣一來陷阱就完成了，一定會有人說：「有需要這樣敏感嗎？」、「我對於這裡的政治敏感度給予高評價，可是『有需要這樣敏感嗎？』的言論好像是這世上所有暴力與偏見的最大問題點」、「就好像每回看到性騷擾案件或是家暴新聞時，我們身旁的長輩總是喜歡說『有需要這麼敏感嗎？』的樣子。想想看，男性上司為了表示親近，摸了一下女性員工的屁股。男生在外面遇到不好的事情，回家後翻倒一桌飯菜。」

還有，《無限挑戰》曼谷特輯中，有幾個人被釣中，都是最後一名，有人看過那一集對吧？《無限挑戰》的成員都在同一個房間裡，假裝是泰國人，卻在玩著白癡一樣的節目。但是留言板的管理人恩律卻極度稱讚那一集的節目內容，像《無限挑戰》這樣具有廣大收視率的節目中，居然出現這種草創時期都不曾有過的低級內容，之前發生的朴明洙（박명수）爭議時，我給予他們相當大的評價等等，上傳這些內容對我們來說相當簡單。

**林商鎮：** 怎麼做？

**車塔卡：** 鄙視東南亞的行為令人很不舒服。

**林商鎮：**啊！

**車塔卡：**那天節目還有「大象秀」，《無限挑戰》的成員裝出大象的鼻子轉圈圈後要直線走路，接著要準確的踩著塑膠床墊前進，這是為了要諷刺東南亞觀光時，會被強迫購買塑膠床墊，節目的參與者也表現出「被迫購買」的情況。看到這一段的泰國人不會不開心嗎？我們就在留言板放了一把火。

**林商鎮：**那樣的話，人們應該都開始不耐煩了吧！

**車塔卡：**這就是我們所想要的，只要留言板的人開始不耐煩，當人們開始不耐煩之後，就會發生更誇張的情況。只要看到諷刺的說法，諸如「真的是一份完美的臂章啊！」的話，就會有人舉報，接著就會有人指正說：「不要充當 PC 警察。」同時會有人說：「不要隨便揮刀傷人。」

過不久，整個留言板就充滿了許多簡短的諷刺言論，不過我們總是能將這些導向某個方向，就是小學生常常流連的網站中常見的「全都是笨蛋」、「寫那種文章的人是最笨的」、「看招」等言論，這些言論往往是導致吵架的導火線。而我們比小學生厲害的有兩點，有心挖掘與執著，只要有這兩點就夠了，人真的很神奇，會因為短短的幾個字而受傷，只需要出現「你態度有問題、你很低俗、反省吧！」一類的攻擊，就會受不了，很好笑對吧？又不是認識的人，也不是每天都會見到面的人，對於當事者來說，根本是一個微不足道的人，事實上根本就是三個你不認識的三個假帳號。

接下來人們開始覺得奇怪了，發出「最近███留言板是怎麼了？」或是「這裡最近好奇怪，都不敢上傳文字了！」一類的討論串，而板上的「named」就這樣被我的鍵盤打垮準備離開了，離開之際還會寫下：

「現在我要離開這個曾經充滿人情味的███了。」接著就會有許多「很遺憾○○網友離開了，現在覺得███跟其他地方一樣了。」一類的留言。不過此時會有人死撐著說：「這樣公開宣示要走，希望您真的能夠做到。」或是說：「希望不是換一個帳號重新再來的傢伙。」總之就是吵架之後就離開的狀況。

**林商鎮：**阿爾萊就連一次都沒有輸過嗎？

**車塔卡：**這個嘛……某種意義來說，我們沒有輸過。如果找錯點而在筆戰中輸了的話，我們就會說：「是我搞錯了，鄭重的跟大家說對不起。」接下來再找其他爭吵點，不過這不能算是我們輸了。

通常是不會發生這種事情，大致上是我們點燃了一場火，然後我們就抽身離開，接著吵架的那群人，不過就是一來一往的笨蛋罷了，這樣的我們，頂多叫做什麼『放火的女神』之類的。不是害怕在筆戰中輸掉，事實上我們從來不會在筆戰中輸掉，你說普通人該如何才能贏我們呢？

**林商鎮：**信心十足的樣子，真令人佩服。

**車塔卡：**不！我知道林記者您現在是在笑我們，但不是您想的那樣。林記者您也有上網，網路上的筆戰永遠都在，一開始都是兩個人針對小小的議題開火，這兩個人各有其論點。網路筆戰需要精力與精神，我們有的是精力，因為這是工作的一部分，而且我們也有強悍的精神。我們在進行留言大戰的情況，有點類似剪刀石頭布之後，贏的可以打輸的一下的遊戲，只不過剪刀石頭布的遊戲可能會輸，但是擴大角度來看，我們其實從來沒有輸過。

**林商鎮：**這跟剛剛您提及的內容確實有關聯。

**車塔卡：**是的，後來我們又接了幾個案子，是 01 查 10 設定編碼程

式的。

**林商鎮：**那是……？

**車塔卡：**舉例來說，那些被我們批判的人會用「PC 警察」一類的言論對吧？我們會從中獲得靈感，做一個自動找尋那些不夠 PC 的字彙的檢查編碼，放幾百個不夠 PC 的字彙進目錄中，當留言板出現這些字彙時，就會自動通知我們的程式。如果想要的話，也可以放幾個喜歡的字彙進去。

舉例來說，當有人在██留言板上傳「像是盲人摸象一樣」的留言後，我們的程式會在幾分鐘後自動留言：「那個……盲人是輕視社會少數的用語唷 ^^;;，應該要寫視覺障礙人士才對。」站在原文撰寫者的立場來說，心情肯定不會好的。

這效果好到不可思議，尤其是在那些許許多多喜歡強調 PC 的地方，像是堅持要稱呼為寵物的社群網路。但是這份不夠 PC 的名單真的霹靂無敵長，必須持續進行更新，所以知道的人不多，諸如變性手術應稱為「性別確認手術」、不孕應該稱為「難孕」等等，太多太多許多人根本就不知道的字彙。

同時我們也做出追蹤過往留言的程式，這其實很簡單的，但是██留言板過去的文字卻無法搜尋，所以搜索能力不佳，不僅是原文無法搜尋，原文下的留言更是無法檢索，這個留言板的文章原本就很多，畢竟██留言板已經算是歷史悠久的網站。

不過託 01 查 10 做的程式的福，只要輸入某個人的帳號，就能馬上找到那個帳號過去在██留言板的所有文章，可以自由檢索那些文章字彙，檢索的同時還可以儲存整個畫面，這是不是很偉大呀？當筆戰開始時，最大的武器就是「你以前這樣寫過，怎麼現在又不一樣呢？」

不需要特定脈絡，只要一句：「您有為先前支持黃禹錫而道歉嗎？」就能夠打壓對方的氣焰，歌手 Tablo、菜鮮堂事件[註14]，還有什麼咧？說是 Eru 女朋友的那個人？總之那種人們會起騷動、筆戰的時候，能夠當成我們攻擊籌碼的內容，真的大大提昇了我們的戰力。

**林商鎮：**所以您們在██留言板從事這樣的活動多久了呢？

**車塔卡：**從開始到毀掉這個留言板沒有多久，從開始挖掘留言板的一切開始，大約一個月的時間，這個██留言板就整個荒廢了。

之後又繼續弄了半年，畢竟不能讓離開的使用者再度找上門，要讓人們意識到「██留言板已經死了，變成那些小屁孩筆戰的垃圾場」為止，而██留言板的管理人恩律，甚至於還在自己的推特上說：「現在的██留言板除了政治筆戰之外，什麼都沒有了，只能哀悼！」說自己再也不看██留言板了。

**林商鎮：**一眼就可以看出這個留言板死了嗎？

**車塔卡：**首先是整體的文章量下降，可說是全盛時期的一半，平均瀏覽人數一開始是因為筆戰吸引許多人觀戰而暴增，在管理人或是使用者漸漸淡出之際，伺服器還被攻擊了幾次，導致網站的流量直線下降。但還有其他比這些數值更重要的事情，在那之前，██留言板與某個網紅一起募資，發出批評政府的報紙廣告，發生類似韓進重工業事件時，還進行過小規模的集會。那些活動集會都在我們智慧的監控

---

註 14：2012 年 2 月位於忠清南道天安市的菜鮮堂加盟店，一位孕婦客人與服務人員因為口角的關係，孕婦客人數度被服務人員踢肚子的暴力事件。此事是孕婦客人覺得委屈，將始末寫在網路上而引爆論戰，部分氣憤的網友積極打電話到菜鮮堂總部，要求廢止該加盟店，迫使菜鮮堂網站貼出道歉文。但警方的調查結果與該名孕婦的主張不同，根據周邊監視畫面顯示，服務人員並沒有用腳踢孕婦客人，最終證據顯示，「服務人員踢孕婦客人的肚子、服務人員先罵人」是謊言，但是已經造成該店形象受損，營業額下降。

之下完美封鎖住，真的被我們封鎖了消息。

在新村皇后廣場舉辦的■■留言板使用者與同性戀者的集會，根據他們的說法是 LGBT 社群活動者商議的，但是我們 PC 警察程式把這個活動整個毀了。其實我們也沒做什麼，因為這個程式只要偵測到「叛離」一類的用詞，就會啟動因為不 PC 的指正留言。過往同性戀也會自稱為同性戀，但近來這是極為不 PC 的用詞，他們的用語相當複雜，關於 gay 的用語是否 PC 的爭論，用同性戀是否沒有問題等等。

但我們的程式持續抓出這個用詞，然後人們就陷入自重自愛的圈套中，其實用語哪裡重要，應該要做該做的事情的人們、認為用語涉及政治是個大問題的人、認為應該統一留言板上使用率最多的字彙的人們、那些喜歡批判是朴槿惠風格的人們……，真的是很好笑。希望這種事情能夠讓進步陣營的網站，真的獲得些許教訓。

**林商鎮：**所以其他進步陣營的網站也是這樣攻擊的嗎？這個方式可以一體適用嗎？

**車塔卡：**啊？也沒有，像是■■就都是兩班貴族的感覺，都是可以互相理解的人們，所以這樣的引亂模式無法通用，我們也因為那個網站被罵很久。那是在狂牛病示威時，組成娃娃車大隊的地方，不過這部分我們也找出因應對策，該怎麼說，根本可以說是無恥的方法，把那個地方弄到雜草叢生，成功的瓦解那個網站，讓那個網站的相關核心人物，有一段時間根本不敢碰觸網路。

# 第四章

要面對那些渴望鮮血、期待報復的敵人，
就必須善用憎惡

　　窗外可以看到傍花大橋，他們個個都面露不安，他們不知道這臺車會把他們載去哪邊，他們只知道車輛已經遠離漢江、離開首爾。

　　組長在車上，前往阿爾萊的所在地的新村套房，駕駛是一位接近三十歲的年輕人，阿爾萊聽到組長稱呼他為「社員」，那位社員戴著太陽眼鏡。

　　「上車吧……」

　　組長說道。

　　三宮、車塔卡，還有 01 查 10 三人無法拒絕的上了車，他們腦海中都同時浮現出陰暗的地下拷問室中，被一陣毒打之後，被載到深山裡埋起來的模樣。

　　「請……請問我們現在要去哪邊？」

　　01 查 10 的提問讓駕駛座上的社員笑了笑，然後轉頭瞧了自己的上司，露出「要告訴他們嗎？」的表情，不過組長搖了搖頭。

　　直到車子進入一家招牌為「香綠苑—鰻魚燒烤 / 手扒雞 / 四季湯」的地方，三個人才鬆了一口氣，破破爛爛的獨棟建物中庭，停放著一輛高級進口車，從車上下來的他們被引導進到別館。

　　別館沒有牆壁阻隔，可以看到開闊的景致，還有一個大亭子。一側可以看到漢江，另一側可以看到滿園葡萄田，葡萄田旁有足球場、籃球場、黃金打擊區。

　　「這裡風景絕妙！」

　　組長發出嘖嘖聲之後，先走上去亭子，三宮帶著前所未有的不安跟著走上去，這些人該不會跟他們說：「你們做得不錯，不過不是我們想要的，你們吃一吃鰻魚燒烤之後給我滾吧！」

　　李哲秀已經先坐在位置上了，桌面上有鋪設一層白色桌巾，小菜

跟碗筷都已經擺設完成。

「請坐，這裡的燒烤鰻魚非常好吃。」李哲秀這樣說道。

剛剛開車來的社員不知道消失去哪邊，不久後本部長開著銀色的勞斯萊斯到達。

「呀！這裡可以露營啦……我家孩子最近迷上露營。」

本部長邊說邊走上亭子，看著那黃金打擊區說：「在那邊可以一邊瀏覽江水風景一邊打球，真的是太棒了！」一位駝背老人出現，在送上酒與料理時，車塔卡與 01 查 10 臉色怪異的與這位中年男子打了招呼。

「社長，那就拜託您了。」

在李哲秀的拜託之下，老人的臉堆滿笑容的點點頭，老人將六杯啤酒放在一起，像機器一樣快速準確的將一瓶燒酒分別倒到這六個啤酒酒杯，杯內杯外滿是搖晃的啤酒及啤酒泡沫，接著一如剛剛倒燒酒一般，再次倒入覆盆子酒，就成為六杯紅色泡沫的雞尾酒，真的是完美的一場藝術表演，在座的每個人都拍手鼓掌。

「這杯酒就像晚霞一樣，今天我們一起看晚霞、喝晚霞酒，等等太陽會從那邊落下，日落真的非常漂亮。」

大家一起舉杯，本部長說：「不是應該有人來個乾杯辭令嗎？」

接著李哲秀站了起來，舉杯說道：「收到報告去看了一下▉▉留言板，超想親一親這幾個小傢伙，不過我怕被誤會，所以我們就來舉杯慶祝。各位！當我喊出『胡說八道』時，你們也回我『胡說八道』，讓我們一起為了每個人、為了我們國家的發展『胡說八道』。」

「胡說八道！」

　　紅色的炸彈酒<sup>註15</sup>的口感非常溫和，但卻是非常強烈的酒，不過那些小伙子都很愛這杯酒的滋味，最後整個人搖搖晃晃。

　　就在李哲秀再次擺放酒杯，要做下一輪晚霞酒時，01查10開口說：「可是我們還沒拿到錢……」

　　瞬間三宮的身體僵住，但是李哲秀的臉色卻沒有任何變化。

　　「對耶！要怎麼給你們呢？現在轉帳？還是直接給現金？跟上次一樣？」李哲秀這樣問道。

　　「現金確實有現金的魅力在……」

　　三宮像笨蛋一樣的傻笑著說道。

　　「就用轉帳吧！」

　　01查10跟三宮這樣說，一點也不覺得自己的行為已經引起他人注意。

　　「我也是這樣想的。」

　　三宮這樣回應，而李哲秀毫不猶豫地打了通電話，並要三宮給轉帳帳號。

　　「嗯……轉帳，五千萬韓元。」

　　李哲秀對電話那頭的人用詞都是簡短的單字，不久後車塔卡收到錢已經入帳的訊息通知，車塔卡是他們共用帳戶的管理人。

　　在座的男士們連續舉杯，喝了好幾杯的晚霞酒，他們開心的喝著酒，連日落都沒注意到。

　　組長與本部長正在討論他們的補選情況。

　　「可是對方的報告有點弱……」

　　「原本補選的情況就很難預測，因為不投票的人很多，再加上這

---

註15：韓國稱混酒為炸彈酒。

回事前投票[16] 的人又不少……」

「○○○如果進到國會的話，那那間公司……」

「一定要裝成怕死了的樣子。」

車塔卡跟 01 查 10 的一隻手在桌下拿著手機傳起訊息來。

「錢都進來了？五千萬元一次匯入？」

「就先每人分一千萬元，
剩下的兩千萬元用在辦公室等費用，
我們晚點再談。」

「那我的部分先轉給我。」

「不能明天再轉嗎？」

「現在轉給我，我今天有要用錢的地方。」

「怎麼現在才說，我沒有帶銀行安全卡在身上。」

「不是有拍照存下來嗎？」

三宮正在回應李哲秀的問話。

「你們很爽快的解決了一個讓我們很頭痛的地方，所以現在會怎麼樣？不管他的話，這個███留言板會有再次東山再起的機會嗎？」

「這個嘛……現在那邊是山林火災的情況，不過我個人認為那邊是結束了，畢竟線上一個月等於現實中的一年。」

---

註 16：韓國有不在籍投票，包含海外以及不是居住在戶籍地的選民，可以採取事前投票方式履行國民投票義務。

「那邊的會員會移轉到其他地方？有獲得什麼教訓嗎？」

「我認為不要期待有這種奇蹟發生的可能，畢竟那就像在整座山找尋放火的起火點。」

此時，本部長以一張臭臉插進他們的對話說：「根本的解決之道，就是網路實名制度跟加重量刑！只要包裝成保護青少年就可以，在網路普及之前，部分加重量刑這張牌一定要出來！」

「根本的對策就是解決失業問題不是嗎？這都是因為年輕人沒有工作，時間太多、不滿也太多……」

幾杯晚霞酒下肚之後，01查10先是開始滔滔不絕地說話，然後突然之間又失去勇氣地停下不說。李哲秀笑了出來，他將話題轉回██留言板。

「在██留言板用的方式，也可以套用在其他進步陣營的網站嗎？」

「當然，當然可以，這樣進步陣營就會分裂瓦解。」

三宮拍拍胸脯保證說可以，有點自傲的感覺，不過李哲秀的下一句話，讓他有種挨了一拳的感覺。

「那麼我們要掃除其他網站的計畫，也不一定要交給阿爾萊做囉？這該怎麼辦？要不要考慮其他低價者呢？」

李哲秀雖然笑著，但是三宮跟車塔卡卻瞬間清醒，而01查10沒有感覺到氣氛怪異，依然用心的吃著鰻魚與雞肉。

「別緊張，因為你們的方法可能還不能一體適用於所有進步陣營的網站，你們知道『Jumdacafe』這個網站嗎？」

三宮與車塔卡搖搖頭。

「『Jumda』的全名是『大嬸 (아줌마 a-jum-ma) 減肥法』的縮寫，

你們不看報紙的對吧？那個網站藉由世越號事件在《紐約時報（The New York Times）》買下廣告，宣揚『朴槿惠虐殺韓國國民』，今天的《朝鮮日報（조선일보）》也大幅報導這則消息。」

「好像有看到過。」

三宮扯謊了。

「那邊跟███留言板不太一樣，沒有什麼聰明人，但是那邊的人行動力強，時間多、錢多的關係，狂牛病示威時的娃娃車部隊也是他們組織出來的，會員之間非常團結一致，找不出可以讓他們互相攻擊的方法，所以難以引起混亂。」

「這個的費用是多少？」

01 查 10 詢問。

「一個月內解決就九千萬，另外███留言板持續監控到年底的費用是一千萬，如何？做嗎？」

三宮吞了吞口水，看來有點苦惱也有點沒自信。

「如果超過一個月呢？」

「四千萬。」

「這樣價格也差太多了吧？」

「一個月內解決不就好了嗎？」

李哲秀這樣回應。

「Ilbe 不用嗎？那邊不也很危險？」

車塔卡插話問。

「那個沒關係，Ilbe 的使用者是流氓，在競技場上可以安心的那種。危險的不是流氓，而是那些假裝善良卻在背後引起恐慌的人，做？還是不做？」

「我們做,你也有這邊的幾組帳號跟密碼對吧?」三宮問。

「有,跟那位拿就好。」

李哲秀指著組長,組長離開亭子一個人去足球場踢球,他的臉像曬傷一樣紅紅的,但他卻否認他醉了。

「在空氣好、水質好的地方喝酒,好像一喝進去就消化了一樣,那邊那幾個年輕的朋友不來踢球嗎?」

之前開車的那位社員不知從哪裡冒出來,跟組長一起踢球。

「覆盆子酒對男生很好。」

本部長笑了笑。

「要去續攤嗎?我知道有個水質不錯的地方。」

三宮起身拍了拍屁股對著組長喊。

「今天水質不錯,水量也相當豐盛。」

三宮掛上電話之後這樣說,他的話讓本部長笑了許久,組長也不斷在笑。

他們上了車,駕駛依舊是社員,01 查 10 的視線被江邊北路的漢江夜景吸引。李哲秀的表情很微妙,嘴唇往前、嘴角微張,難以區分不出來他是不是在笑,眼神顯露出好奇的樣子。

「好像有點掌握到了什麼,但這應該不算什麼。」

車塔卡內心嘟囔著。

「你後面有個人不是嗎?看《朝鮮日報》的人,那個人早上看了之後跳腳暴怒,發誓要毀了這個混球網站,不管要花多少錢都可以,最好是當場消失。不管是民主主義、流氓,說的都是混蛋話,一切就只是那個人討厭進步陣營的網站而已。」

三宮用智慧型手機登入 Jumdacafe,Jumdacafe 比想像中還要大,

有許多留言板，有料理、流行、減肥、家務、投資、網路編劇等等，不需要會員資格都可以看。但是首爾 Jum、京畿 Jum、地方 Jum、美Jum、日 Jum、中 Jum 等等，則必須是特定等級的會員才能看。

　　三宮先進到減肥的留言板，第一頁統統都是與《朝鮮日報》那篇報導有關的文章，三宮點閱了其中一篇標題為「朝鮮日報……慘了……」。

「唉唷唉唷……看了五束通網友的文章，馬上就去看《紐約時報》跟《朝鮮日報》的網站，我的天啊……

先是《紐約時報》的廣告！真的讓我好訝異啊啊啊啊啊啊……

果真是家好的報社，就是跟其他地方不一樣……

雖然我只捐了五萬塊，哈！*^^*

但我覺得一點都不浪費！！

可是那個《朝鮮日報》！！！！！！

看了《朝鮮日報》的報導，發現他們真的怕了的感覺……

他們應該開始急了、要發飆了吧……

真的超級開心的，要感謝所有人、辛苦了！！！

總覺得應該要說點什麼，不應該就這樣略過 *^^*

所以我上傳一張我們萊美在幼稚園裡面畫的我跟狼谷的畫……」

　　三宮花了點時間才搞懂「萊美（래미，發音為 rae-mi）」是寶貝女兒（딸내미，發音為 ttal-nae-mi），而「狼谷（랑구）」是「新郎（신

랑）註17」的隱語，這篇文章下方的留言如下：

> 「湯珍亞網友，萊美的圖畫真的是太太太太太可愛了！！！都可
> 以當畫家了！」
> 「哇嗚！！居然捐了五萬！！！！湯珍亞網友真的很了不起！！
> *^^*」
> 「一起來吶喊一下！《朝鮮日報》關門！！」

　　三宮也點了其他文章來看，發現這個網站的氛圍與██留言板不同，關係更為緊密，會員之間幾乎沒有毀謗與攻擊的情況，就算有些微小衝突，多半都會有好心人出面安撫說：「會員之間不要這樣咩⋯⋯」

　　三宮覺得自己好似初闖一片未知的島嶼，冒險即將展開。他知道每一個網路社群都有他們固有的秩序與法則，在那個世界成長茁壯、進化然後死亡，有的美麗、有的偉大，有的島嶼容易引發山林大火，卻依舊能夠堅持住。

　　但是，所有的世界都有各自的弱點，細微、弱小，卻足以撐起那個世界的重大環節，只要放進幾隻老鼠，就有可能會讓那個世界的人全部餓死，而為了抓到那幾隻老鼠所灑下的消毒藥水，會讓整座島嶼迅速死亡。

---

註17：韓國已婚婦女不僅會在新婚階段對外以「新郎」稱呼自己的先生，於小孩長大之前也多會使用這個字彙。

　　一車男性進入江南地區，如同恐龍般高聳的大樓之間，擁有寬敞的道路，不用說也能看到「性感約會」、「雙面人」等閃亮的霓虹燈招牌，車子就停在這邊。

　　「要怎麼選擇？這裡應該沒有人用過魔術鏡子選吧？要用那招嗎？還是就用一般房間？」走道入口處，三宮這樣問。

　　「就試試看魔術鏡子吧！」

　　本部長這樣回覆，在場的不論是年紀大的還是年紀小的，都一副同意的表情，「一般」兩個字，完美的釣中所有人。只有玻璃鏡面這一端的人可以看到另一端的二十幾位美女，沒有一位穿褲子，全部都穿著短裙，這些年輕女孩個個都像行動電話螢幕上女生的照片一樣。

　　女孩的胸前都有編號，李哲秀表示他要最後一個選，讓其他人先選。所以排除他之後，依據年紀大小，由年長者先選號碼，由沙龍的服務人員記錄叫號。01查10內心相當焦慮，很擔心他相中的人會被選走，他想要的是十七號，臉蛋看起來像孩子一樣可愛的女孩。

　　李哲秀點了兩瓶洋酒，遞給服務生兩張五萬塊鈔票。走進房間的女孩與在鏡子那端時不同，只穿著小可愛進來房間，有些只身著胸罩跟內褲，有些則是套了件罩衫。坐在01查10身邊的女孩說她叫做「惠利」，女孩的嘴裡隱隱約約帶點漱口水的味道，對桌的本部長隱晦的詢問三宮：「這裡的水位（極限）如何？跟北倉洞[18]一樣嗎？」

　　組長跟三宮旁邊的女孩開始撒嬌，貼上他們，惠利看來是新手，三宮做了炸彈酒給大家，接下來本部長又做了一輪炸彈酒。兩輪喝下來，連李哲秀都開始和他的女伴喝起交杯酒並深吻對方。01查10乾

---

註18：據說北倉洞是韓國色情產業的發源地，如果說「我跟北倉洞很熟」的話，就會被認定是色情行業的常客。

杯之後，抓住了惠利的手，這小女孩感覺有點緊張，出了點手汗。

「現在要開場秀，誰要先開始啊？」

三宮語畢，本部長的女伴快速舉手，所有男人都發出「喔喔喔……」的聲音，並舉起大拇指，或是拍手鼓掌。女孩對本部長說：「哥哥……可以把我泡在炸彈酒裡嗎……」接著就爬上桌子，臉上整形的痕跡很明顯，但身體相當曼妙，她兩膝跪在桌上彎腰打招呼，胸部都快跳出來了。

「哇！妳那是天生的嗎？」

組長相當有經驗。

「您好……我是大胸部的智英。」

這女孩在桌上上下搖晃了她的骨盤與胸部十秒左右，也解開了胸罩、脫下了內褲。

「哇！妳的胸部是真的、是真的？這裡可怕的哥哥很多，如果說謊的話會出大事的唷！」

本部長本來在倒酒，停下來大聲地詢問。

「哎唷……哥哥……我的是真的，你看！看看這裡，沒有動刀的痕跡不是嗎？」

這女孩用手抬起她的胸部，要讓大家看得清清楚楚的。

「沒用啦……這樣看哪會知道，要摸摸看才知道，等等讓我檢查檢查。」

本部長的話讓智英腼腆的「哎唷」了一聲，露出燦爛的笑容，走下桌，並把一杯杯的炸彈酒放入胸部又拿出來，酒水都灑出來，讓她整個胸部都濕透了。

「來……哥哥們……這是智英的胸部酒，你們都要乾杯唷……」

01查10的手攬住惠利的脖子，喝起交杯酒，但兩人只有乾杯，沒有親吻。喝完那杯酒的李哲秀，說了聲：「真是好喝！」又從皮夾掏出兩張五萬塊遞給智英，智英全身光溜溜的，只好用嘴唇夾著那兩張五萬塊。

接下來爬上桌的是三宮的女伴，她邊跳著骨盆舞邊脫下胸罩，雙腳跪在桌子上，乾了一杯炸彈酒之後，又倒了一杯在自己的胸部上，酒水順著她身體流了下來。

「希望我的女伴不用那樣做。」01查10內心這樣想著。

這次喝炸彈酒時，他抱住了惠利，但沒有親吻她，惠利開口說：「哥哥，也要吃點下酒菜啊……」

然後朝01查10獻上一吻，讓01查10嚇了一跳。

接下來李哲秀的女伴跟車塔卡的女伴一起爬上桌，她們互相親吻、撫摸對方，上演拉子秀，最後她們身上都一絲不掛的。

「妳跟那個Girl's Day（걸스데이）的惠利（혜리）好像。」

01查10跟他的女伴這樣說。

「真的嗎？我從來沒有聽過有人這樣說耶……」

「真的？不是故意把名字取成惠利嗎？」

「不是，不過聽哥哥你這樣說，我覺得好開心，哥哥是好人。」

「這樣就知道了？」

「我一看就知道。」

女孩這樣一說，又親上01查10的嘴，讓他心跳不已，輪到惠利在桌上跳性感舞蹈，做胸部酒。

「現在開場秀結束，我們要進到下一階段了。」

本部長說開場秀結束，女孩們聽到這句話就走了過來，把男士們

的上衣脫掉。組長雖然有啤酒肚，但是胸肌跟肩膀肌肉都很結實，其他人就慘不忍睹了，李哲秀與車塔卡瘦巴巴的，其他的不是雄壯，而是胖。

女孩們都跪在地板上，熟練的脫下男士們的褲子，為他們進行特別服務。

01 查 10 慌張地看了四周，與車塔卡對上眼，車塔卡迴避著他的視線。其他人好似很習慣這種場面，組長嚴肅認真地閉上雙眼，三宮笑著抽著菸，本部長按壓著女孩的頭，而李哲秀則是面無表情。

女孩們用酒漱漱口，接著居然不是穿回她們的胸罩，是將男士們的上衣當罩衫套上，坐回位置上。現在男人僅著內衣，而女孩們穿著大件的上衣，蓋住她們赤裸的身體，男人們現在成為共犯結構的一員，連車塔卡都跟稱呼合包會的成員們「大哥」了。

他們又做了一輪炸彈酒，本部長把手伸進穿著他襯衫的女伴身體下面，不時又把手拿出來舔一舔手指，組長與車塔卡緊抱著他們的女伴親來親去的。

然而三宮的心不在女伴身上，反倒是在李哲秀身上，他認真的說著他們怎麼摧毀████留言板，當中遇到什麼危機。

「這部分，每個網路社群都具有不同的生態，可以說是獨立的生態圈，呃……有些島嶼的森林可能可以承受森林大火，呃……只要放幾隻老鼠進去，那邊的動物們就會統統死光……」

01 查 10 與惠利在親吻，這是他第一次與女生舌頭交纏親吻。

服務生進來詢問是否要加時，本部長說：「現在該要全壘打了吧！」女孩們紛紛站起來穿好衣服走出房間。

「第二輪是一小時，還是一小時二十分？」

「老闆，是這樣的，我們的比較短……只有四十五分鐘。」

服務生的話讓在場的所有男人異口同聲地說：「什麼！怎麼這樣短！」、「不虧是江南啊！」

他們搭上電梯到樓上旅館，電梯很窄，一次只能搭載四個人，01查10跟本部長一同搭上電梯，本部長在電梯裡依舊將手伸進他那位大胸部的女伴身下，不停的撫摸。

電梯門一開，出現的是紅色照明的走道，惠利牽起01查10的手，拉著他走向走道盡頭的房間，房間的隔音效果不好，隔壁房間女人呻吟的聲音，大到會讓人誤以為是在演戲。

惠利把01查10帶進淋浴間，幫他抹上肥皂，兩人沒有擦拭身上的水氣就雙雙躺下交疊著，01查10愛撫惠利的身體，當他的舌頭舔上惠利時，惠利只有急促的呼吸聲。

「這不是演的，是自然的。」

當01查10趴在惠利的身上時，她瞇著眼看著他說：「溫柔一點好嗎？」

01查10聽話的照做，輕輕的、緩慢的動著……，惠利輕摟著他的脖子，發出細微的呻吟聲，一副很享受的樣子。

不久後，他們到達了頂點，惠利抓著01查10的肩膀抖動著身體，並在他的身邊細語說道：「真的好棒！我們真的是很合適的一對……」

惠利向01查10索吻，現在的01查10不怕看著惠利的雙眼了。

「剛剛一起搭電梯的那個大叔，根本是個變態，他是哥哥你公司的上司嗎？」惠利邊穿衣服邊問道。

「不是上司……」

「根本就是一個無賴，智英姊姊好可憐，居然遇上那種會很辛苦

的客人。」

01 查 10 問什麼是無賴變態客人，惠利嘆了口氣說，有一進到房間就要求要打人、要虐待的客人，也有要求要肛交的客人，更常見的是四十五分鐘要來兩次的客人。

「像哥哥這樣的客人真的是最棒的，哥哥你再來的話一定要指定我喔！因為我也很喜歡哥哥……」

「好啊！」

「說好囉？」惠利做出可愛表情，伸出小拇指想要打勾勾。

「說定了！」01 查 10 也伸出他的小拇指與惠利打勾勾。

「哥哥你是做什麼的啊？做生意嗎？」

「嗯！」

「哪一方面呢？」

「IT。」

「會賺很多錢嗎？」

「今天拿到一千萬的紅利。」

「哇！哥哥好厲害，那哥哥要常來喔……」

在電梯前，惠利向 01 查 10 要電話，01 查 10 把電話交給她，她輸入了自己的電話，並儲存進電話簿。

「這是我的電話，我在等待期間都會很無聊，手又很笨不會玩遊戲，所以要常常 KakaoTalk 我唷……」

01 查 10 說好。

下來一樓時，車子已經在門口等待，駕駛座依然是那位社員，從酒店出來的所有人都還沉醉在剛剛的情境之中。

「今天真的很開心，心情舒爽，沒想到今天居然可以這樣爽。」

本部長邊上車邊這樣說著。

「可以不去第三攤也沒關係吧？還是要去路邊攤來盤小菜？」

李哲秀這樣問。

「這樣就不錯了，剛剛好。」組長說道。

「我跟從哲秀大哥的選擇。」三宮說道。

李哲秀笑著搖搖頭說：「今天就到這裡，大家明天都還有行程。」

回到新村時，三宮在套房前問：「誒！我們三個是不是應該來個第三攤啊？」

很顯然的，他的酒還沒全醒，但就是不太想這樣回家，他們走進了一家有尿騷味的啤酒吧。

「李哲秀那個混球真的超帥的！」

01查10想說剛剛酒店女生的話題，不過三宮卻提了李哲秀。

「是啊！皮夾裡居然有源源不斷的鈔票！」

車塔卡也不想提酒店女生的話題。

「剛剛跟我嘿咻的那個女孩給我她的電話。」

01查10說道。

「白癡喔！那個只要跟她們要，就會給的啦！」

三宮回應。

「沒有，我沒有跟她要……」

「應該是喜歡你吧！連電話都願意給。」

車塔卡是在笑他，但01查10卻渾然不覺，他反問：「應該是這樣吧？」

「吼！你這白癡，媽的那些女生要有常客才能賺錢，所以電話號碼都隨便給的，她沒有問你做什麼、賺多少錢一類的問題嗎？那是他

們在探尋可能客戶的策略，會那樣親近你都是算計，要小心點！」

「媽的，才不是那樣！」

01 查 10 用拳頭兇狠地敲了桌子，櫃檯裡不斷打瞌睡的啤酒吧工讀生，用睡眼惺忪的眼神看向他們。

「幹嘛要這樣敲桌子？好啦！好啦！我知道，她喜歡你、愛上你，所以才會給你她的電話，這樣可以了吧？」

三宮笑著。

他們依循「閉、眼、三」原則，好好的研究了這個 Jumda 的網站。

當然在 Jumda 並非都是互相協助、互相關懷的善者樂園，就車塔卡的觀察來說，Jumda 看似和平的「會員」們攻擊性不會向內，而是一致向外。他們會拍下日常生活瑣碎的照片上傳，每個人都會說可愛、每個人都會稱讚。但對於社群外部的人，他們批評外人關於外貌的部分，超過一般人可以想像的境界，說 IU（아이유）是吸光男人靈氣的妖精、全智賢（전지현）老了、高賢廷（고현정）是豬。

對 Jumda 的會員而言，外部世界就是大叔們、婆家、公共教育、新國家黨、朝中東，韓國的女權意識跟阿拉伯國家相似。他們對社群會員如此愛護有加，但對其他人就只有憎惡之心，年輕女藝人、女主播、男藝人的夫人等等，極盡所能的八卦與負評，特別討厭 Ilbe，因為過往每回政治活動時，Ilbe 總是會發動網路攻擊 Jumda。

在其他社群禁止的用語以及外部聚會等等，在 Jumda 都會給予獎勵，特別是「孩、幼、媽、早午」的聚會非常多，這是「送孩子到幼稚園之後，一起吃早午餐的媽媽們集會」的縮寫，以「提案本週四一山湖水公園附近……新舊會員不拘……」一類的方式。會員之間的特殊待遇相當緊密，常見的是盆唐與一山一帶的會員，會搭同一臺車到

上水洞見面。

因為他們團結一致，所以行動力也相當驚人，推動週五運動、參與支援靜坐現場、拍照或是提供便當。狂牛病示威時現場的娃娃車大隊，更是他們自傲的代表作之一，接下來所有支援運動多半都會出現「娃娃車傳說……讓我們再一次重現！」一類的留言。

就政治與男子偶像團體部分，反而會羨慕起▇▇▇留言板的平衡，總統選舉結束之後，她們發起拒買大邱、慶北地區農產品的運動。對她們來說，男子偶像團體的醜聞是檢調與媒體為了掩蓋政府失策，一手遮天的陰謀。

事實上，阿爾萊發現會員們說出真相的地方，卻是在另一個留言板，撰文者匿名的「性愛留言板」與「婆家留言板」。

「性愛留言板」從性關係諮詢、過去性經驗告白分享、如何不被發現外遇等等，總而言之就是一些讓人瞪大雙眼的事情。車塔卡也是從這邊才知道，原來女生說不在乎男生生殖器大小的話都是謊言。

「婆家留言板」就是一個靠北婆家的留言板，這裡特別流行「冥想遊戲」，將自家的巫婆（婆婆）、毒菇（大小姑）的照片上傳，讓其他使用者批評他們的長相。

「哇！真的長得很毒……飯吃到一半看到都要吐了……科科科。」
「看起來就是沒有教養……的臉……」
「天殺的可怕……再看還是覺得很可怕。」

　　如果婆家的家人有在這兒的話，不知道會怎麼想？最少要給個馬賽克吧？但直接上傳的會員卻不在少數。

　　01查10完全無法置信。

　　「孩子的媽媽們聚會都是這樣的，你們有在弘大附近咖啡廳聽過大嬸們的閒聊嗎？點個蛋糕就在咖啡廳整整三個小時，罵老公、罵婆婆、罵大小姑、罵幼稚園、罵幼稚園老師、罵房東太太、罵公寓管理辦公室、罵工讀生……，全都是罵人的話，也不想想她可以點蛋糕的錢從哪裡來的，這就是大嬸們的特性！」

　　三宮說道。

　　車塔卡認為這個網站的特殊營運規則影響了人們的行為，Jumda的負分與申訴制度與█████留言板相似，但卻有一點很不一樣，那就是沒有人會知道會員給哪位會員負分、總負分多少。

　　Jumda的會員不會知道自己現在負分多少、因為哪篇文章而導致負分迅速增加，所以會自我監督、小心翼翼的發言，對於可能給自己負分的人極盡所能的稱讚，但對於社群之外就相當嚴苛。

　　阿爾萊所有成員都同意，如果要進攻Jumda的話，必須要有一套新的攻略，這個地方無法使用離間計。

　　另一方面，組長提供的造假的Jumda會員帳號與密碼，也讓阿爾萊感到興趣。檔案中不單只有Jumda的帳號與密碼，連同身分證號碼或是其他網站、SNS會員資訊都包含在內。

　　格式如下：

　　金佳人（音譯）／860118-2030010／居住地：首爾／家庭主婦／偶像、日本連續劇／臉書帳號、密碼／推特帳號、密碼／Naver帳號、密碼／Daum帳號、密碼／Nate帳號、密碼／Jumda帳號、密碼……

一開始三人都以為是組長「公司」實際人物的真實資訊。

「如果這些帳號的主人知道的話，該怎麼辦？」

三宮擔憂的想著。

不久之後，他們知道根本沒有金佳人這號人物，是「公司」以金佳人這個名字在 Naver 以及 Daum 新聞中留言，但是金佳人這個人的身分證字號卻是真的，那個身分證字號可以通過國家網站的實名認證，也就是存在於大韓民國政府資料上的幽靈人口，如果有意願的話，也可以用這個身分證號碼辦手機與護照。

「怎麼可以這樣？」

「那些傢伙到底是什麼人？是國情院的人嗎？」

車塔卡跟 01 查 10 都覺得有點不安心，可三宮卻不這樣覺得。

「都先安靜一點，我想到一個好主意！」

「什麼？」

「幹！都是你們，害我忘記我要說什麼。」

幾分鐘後，三宮說明他的主意，聽三宮說明的時候，車塔卡跟 01 查 10 一句話都沒說，三宮說明完畢之後，車塔卡開口說：「這個主意是不錯，但是有一個問題。」

「什麼問題？」

「如果我們當中有人因為實名而曝光的話，就要去警局了。」

車塔卡指出這個問題。

「難不成你想去嗎？」

三宮笑著問。

「我瘋了嗎？我幹嘛要去那邊？要去你去！是你的主意！」

「媽的！所以現在是怎樣？我要出主意，我還要承擔危險是嗎？

那可能拿到的九千萬是我一個人通拿嗎？」

「你敢那樣給我試試看！輿論一定會追根究柢的！」

「那就是你死我也死，不！我根本不用出頭，那個可怕的組長大叔就會叫人解決你。」

車塔卡沒有回應。

「喂！你都沒有想法嗎？還是我要帶你去什麼好地方？」

三宮問 01 查 10。

「什麼好地方？酒店沙龍？」

01 查 10 賊賊的笑著。

「不！是去找 10%[19]，你不想跟像藝人的女孩一起喝酒嗎？」

「媽的，不要吹牛。」

「我沒有吹牛，你這混蛋！」

---

註 19：即「皮條客」，之所以稱為「10%」有兩種說法，一是擁有大韓民國前 10% 的美女，二是他們抽成 10%。

\* \* \* \* \* \* \* \* \* \* \* \*

（11 月 3 日錄音紀錄 #3）

**車塔卡：**首先是弄到一支借名非法電話，然後以金佳人這個名字，從小型購物網站買幾樣產品，毛線材料、尿布包、嬰兒乳液等等，然後留下這支借名非法電話號碼。在幾個資安較弱的網站上，以金佳人的名字留幾個言，並留下那支電話號碼，方便以後可以追查。

接下來就是申請金佳人的臉書，就像真的一般家庭主婦的臉書一樣，上傳吃的照片、小孩用品照片等等。01 查 10 也申請一個新的臉書帳號，跟金佳人成為臉書朋友，那個帳號就以她老公的名義。

**林商鎮：**以老公的名義？

**車塔卡：**是的，然後在同一個網路商城中以 01 查 10 的名義，上傳幾篇「我老婆下單的東西還沒來，什麼時候會來呢？」、「東西收到了，可是有點問題，可以退貨嗎？」等等的文章，這些文字都會留下 01 查 10 的手機號碼。接下來就在████以金佳人的帳號寫幾篇文章、留幾次言，同時留下臉書、稍微透露一點點自己的名字，像是「我的名字跟韓佳人一樣唷……但只有名字一樣……我家狼谷就像歪掉的延政勳（연정훈），科科科……」之類。

**林商鎮：**那位 01 查 10 像延政勳嗎？

**車塔卡：**這個嘛……算是有點像？不過總之就是這樣……，反正接下來就積極的擷取████的「性愛留言板」與「婆家留言板」的對話畫面，加上「你們看看這些左派中年大嬸玩樂的模樣」的標題上傳到 Ilbe，內容有什麼呢？就是老公下週要出差，老公出差期間會跟健身房私人教練去玩，可對方根本就是個傻瓜，對方到底是真懂還是裝不懂，要

請會員們幫忙一類的文章。啊！還有「老公那裡真的是太小了，根本無法滿足，想找前男友滿足一下」的文章，還有「婆家留言板」內的那些冥想內容當然也截圖上傳。

**林商鎮**：那反應一定相當熱烈。

**車塔卡**：當然，根本鬧翻了，Ilbe 那群人說要嚴懲那些左派大嬸，發起 DDoS 攻擊以及檢舉網站負責人逃稅等等。當然██也亂七八糟的，我們真的引起一場大火了。██一直在追究這些畫面究竟是怎麼流到 Ilbe 去，是不是 Ilbe 對她們使用駭客，網站會員們個個人心惶惶的。我們都認為到了這個時刻，她們應該可以自己找上門了，沒想到她們根本沒有能力找上門，明明我們都已經撒下不少線索了。

**林商鎮**：自己找上門？

**車塔卡**：是我們自己透露我們的行蹤，01 查 10 在 Ilbe 的留言，是直接用 01 查 10 創設的臉書帳號，那個 01 查 10 偽裝成金佳人老公的假臉書帳號。從這邊就可以輕易查到他老婆的帳號，就是那個金佳人的帳號，所以就該知道金佳人這個帳號曾經在██寫過文、留過文章，這樣肯定可以馬上查出 01 查 10 的手機號碼。

**林商鎮**：所以他們沒查出來？

**車塔卡**：對！沒查出來，所以我們只好在██以另一個帳號撰文，說怎麼樣都覺得金佳人會員有點奇怪，然後分析剛剛跟林記者您說的內容，別忘了還有網路商城的那些。

**林商鎮**：然後呢？

**車塔卡**：然後██的會員就會開始挖掘金佳人的底，把金佳人這個名字跟她的帳號放進 GOOGLE 查詢，就可以查到她在網路商城的購物心得、提問問題，連手機號碼都能查得出來。

幾個小時之後，以金佳人名義辦的手機就出現一封 kakaotalk 訊息，「很抱歉，請問您是金佳人小姐嗎？不知道您有在用███嗎？」我們回覆：「有，請問您是誰？」之後，「因為有點好奇，所以想詢問一下，您最近有將██的內容轉到 Ilbe 嗎？」從這裡開始我們就沒有回應了。

可想而知對方還是繼續詢問，且內容越來越不客氣，從「為什麼不回應呢？只要回答是或不是不就好了嗎？」到「應該是有問題對吧？金佳人小姐？」、「有沒有搞錯啊！有人提問應該要回答不是嗎？裝聾作啞是什麼態度啊！」就這樣，一如我們計畫的情況逐漸出現，我們就只要看就好了。

不久後，███上傳一篇文章「各位！我百分之百確定截圖上傳 Ilbe 的人就是那個人……本名是金佳人、電話號碼是 010-9728-0000……我剛剛已經用 kakaotalk 確認完畢了！」

連同剛剛的訊息畫面一併上傳，接著用金佳人名義申辦的那支借名手機，就不斷收到文字簡訊跟 kakaotalk 的攻擊，真的不是我要說，根本就是一秒一則的速度。那支手機沒有關靜音或震動，所以不斷傳來「ka-talkka-talkka-talkka-talk」的訊息提示音，當晚要睡的時候確認了一下，簡訊跟 kakaotalk 合起來大約有上千則訊息。

**林商鎮：**都是什麼內容呢？

**車塔卡：**就都是一些髒話、問候語一類的，跟███上那些裝可愛的文體完全不同。都是「呀！妳這個蟑螂女睡了嗎？我知道妳還沒睡，幹嘛不回應？很囂張喔妳！」或是「妳不要給我小看███！妳的號碼我們都知道了！」、「小心我們讓妳的家人朋友同事都知道，讓妳沒辦法在這個社會生存下去！」、「Ilbe 女去死 Ilbe 女去死 Ilbe 女去死

Ilbe 女去死 Ilbe 女去死 Ilbe 女去死 Ilbe 女去死 Ilbe 女去死 Ilbe 女去死⋯⋯」。

不僅如此，那些人還將那些文字訊息、kakaotalk、臉書訊息、推特等對話截圖上傳，證實自己真的有做過。當我們覺得可以了，就在隔天廢除這支電話，並在██上傳一篇文章，我記不太起來標題是什麼，應該是「妳們太過分了」一類的吧！

「我就是那位被你們攻擊到亂七八糟的人的先生，可以請妳們停止這些攻擊了嗎？我的老婆已經出現些微精神官能症（neurosis）的情況了，把這邊文章轉出去的人不是我的老婆，是我。是我有一天看到我老婆在看這裡的文章，覺得很無言，想看看其他人的反應，所以才截圖幾篇轉到其他網站去，這值得你們挖出我老婆的身分要她去死、還要讓她沒辦法在這個社會生存、髒話問候時嗎？那個有比上傳婆家照片的妳們、辱罵婆家人的妳們還過分嗎？妳們做的事情如果都是對的，那為什麼要怕人看、要偷偷摸摸的呢？」

**林商鎮：**這是火上加油吧？

**車塔卡：**是的，根本就是火上加油，那篇文章大概是███當日回應留言最多的一篇文章吧！滿滿都是惡評、惡評、惡評，半天過後我們又上傳一篇「一開口就什麼人權、民主主義的人，居然這樣揮刀亂砍，以為我會這樣善罷干休嗎？有膽就公告我的個人資訊啊？所有惡意攻擊的內容我已經截圖留證，目前正在洽詢如何進行法律行動，請小心妳們的一言一行。」這下惹怒更多會員。

**林商鎮：**然後呢？

**車塔卡：**不久後還真的把 01 查 10 的電話號碼公開出來，那個撰文者還很仔細的說明如何找出 01 查 10 的身分與資訊，那個過程就是

我們設下的陷阱，那女的還很開心，把怎麼找出資訊的過程寫成一篇文章。

「昨天把那位自稱犬公的資訊公告，真的讓我一半擔心、一半開心。就怕在公開之前，那個人會自己先退出會員……真的是這樣的話……」然後下方許多支持的留言，像是「妳真的很了不起！！！@__@ ;;;; 駭客實力真棒！！！！」我們就將這些統統截圖，統統都是犯罪自白的證據。

有些人一開始因為我們寫「洽詢如何進行法律行動」而有點害怕，紛紛都詢問這到底能不能告，看來還是不知世間險惡的家庭主婦們，我們正準備回應謊稱說沒關係的當下，有人搶先說了：「那樣是沒辦法告的，我家狼谷是法律相關人士，科科科。」這是什麼鬼話，什麼叫做不能告。

此時，我們假裝示弱，上傳道歉文，請大家不要繼續下去。我們道歉，針對鋪天蓋地的 kakaotalk 則是回應：「很抱歉，因為太想進到 Ilbe，所以有點越線，不知道這樣是錯誤的行為，真心的說對不起。」結果，您知道後果是什麼嗎？ kakaotalk 跟文字訊息來得更多，什麼「你是看不起我們嗎？」、「世上哪有這樣的道理，看起來不好惹的人就不敢惹，所以針對我們攻擊嗎？」這一類的留言。甚至於有「各位……不要被他騙了……絕對不可以……根本回給每個人的 kakaotalk 訊息都一模一樣，傳那種 kakaotalk 之後，不知道是不是就在一邊嘲笑我們！！大家！我們要好好淨化這個人！！」的說法。

**林商鎮：**這真的是，都瘋了。

**車塔卡：**剛好符合我們要的節奏，我們先是假意道歉之後，再將這些整理出來上傳到 Ilbe，加上一句「真的很冤枉，這是什麼該下跪道歉

的事情嗎？這樣下去會被這些左派大嬸民主化去了，我們是該給他們一點顏色瞧瞧。」接著用其他帳號在██披露這件事情，██簡直鬧翻了，我們就這樣一次又一次，在快熄火之際又火上加油。

接著我們沒有洩露的資訊也被披露，不知從哪邊得知 01 查 10 的大學之後，就開始出現：「不知道是哪邊野雞大學出身的傢伙，我們不要放過他！」、「讓這個從聽都沒聽過的大學畢業的傢伙，知道這樣亂來要付出代價！」、「在天安念大學的話，肯定吃了很多核桃餅乾囉！」一類的訊息，我跟三宮都笑到不行，反倒是 01 查 10 氣到不行，最後根本就漠視那些訊息。

**林商鎮：**這真的是……

**車塔卡：**四天過後，我們在██上傳「都是我的錯，我們會遵照各位的要求做任何事情，請各位原諒我，同時請不要再傳文字簡訊跟kakaotalk。」這一來，讓██充滿勝利的氛圍，但文字簡訊還是持續一直來，到此為止，01 查 10 根本就是個受氣包的角色。「幹嘛要道歉？」、「馬上就露出狐狸尾巴了吧！當初為什麼要這樣亂來？」、「你也該受點罪，知道自己造成什麼情況，現在我們要討論該怎麼處置你，你等著吧！」

██決議這件事情要用民主的方式解決，而她們說的民主方式又是什麼呢？就是由會員提案該如何處置 01 查 10，將會員提案交付投票表決，選出三種處罰並進行懲處。但是她們連自己的決議都沒有遵守，最後居然擇定四項懲處而非三項。

—公開本人姓名並手寫道歉文，上傳至██與 Ilbe。

—接受精神科治療之後，上傳診斷相關證明至██與 Ilbe。

—將這一事件舉報至十家媒體（必須同時將內容 mail 寄給記者與

██ 負責人）。

一社區服務一百個小時並提供認證（僅需在 ██ ）。

**林商鎮：** 那你們有照做嗎？

**車塔卡：** 沒有，該是收尾的時候了。用那些截圖存證的文字簡訊以及那些惡評內容、四百個帳號、幾百個電話號碼，向警察舉報，向警察舉報時只需要提供對方資訊即可。根據實名制度，當警察要求網站負責人提供帳號資訊時，網站依法必須提供相關資訊。

嫌疑罪名包含網路名譽毀損、脅迫、污辱，名譽毀損的刑期很重，在沒有謊言的前提下是兩年以下有期徒刑，如果加上謊言的話，會是五年以下有期徒刑。網路名譽毀損會更嚴重，沒有謊言的前提下是三年以下有期徒刑，如果加上謊言的話，會是七年以下有期徒刑。脅迫是三年以下有期徒刑，如果是集團性的脅迫就達到加重要件，變成特殊脅迫，會是七年以下有期徒刑，侮辱則是一年以下有期徒刑。

我們之中沒有人是律師，但其實也不是說法律刑責怎麼樣的問題，畢竟這應該是大家都知道的法律常識，唯獨 ██ 的會員們不知道。一湧而上的恐嚇要讓人無法在社會生存、取笑他人的大學是野雞大學等等數千條的訊息，這怎麼可能無罪呢？甚至於到密陽警察局報案，因為 01 查 10 的戶籍地址在密陽。

為了讓 ██ 的會員被調查，01 查 10 還去他最討厭的慶尚道報案，報案之後就將那支電話停掉。██ 只得到一張報案控訴的照片以及「已經提出告訴，絕不和解，我們警局見。」

雖然上傳這樣的文字，但由於過於輕描淡寫，所以讓 ██ 的會員一時還搞不清楚狀態。各個反應都是「這怎麼會有罪呢？」真的是一群白癡大嬸，反而還認為她們懲處了 Ilbe 會員，應該要獲得稱讚的感覺。

天！這群女人的大頭症狀比我們想像的還嚴重。那個說自己老公是法律相關人士的那個女人，還說出「先違反我們███規則的是金佳人跟她老公，警察要調查的話，只要先說出這點就可以了。」的鬼話。

**林商鎮：**那後來如何了呢？

**車塔卡：**警察就進行調查，也詢問███會員的周邊是否真的有法律相關人士，然後██就開始有人刪文，簡訊湧向從密陽警方要來的電話，有的說很抱歉，不知道可不可以和解，因為要送孩子去補習班，所以真的沒有辦法到密陽去，希望可以取消告訴。有的還說如果被婆家知道的話會被趕出去、有的說下跪懇求。

**林商鎮：**那你們怎麼做？

**車塔卡：**其實我們根本也不想和解，但這並不是我們的工作目標，根據目標，我們就是要進行和解，但是會附帶條件。

**林商鎮：**附帶什麼條件呢？

**車塔卡：**親筆道歉文上傳至████跟 Ilbe，道歉文中必須載明帳號，必須包含批判██的非民主行為與反人權的情況。上傳道歉文之後，還要一個月內不能在██發表任何文章與留言，我們才會在一個月後取消告訴。但若用洗帳號的方式，再次在███留言的話，就不會取消告訴。

**林商鎮：**那她們上傳道歉文了嗎？

**車塔卡：**當然，一般人只要被警察調查的話，多少都會產生恐懼，而且上傳道歉文又不用錢。一開始多少有點畏縮，但看到其他人一個個上傳之後，就不會有太多猶豫，跟著照做。

██就因為這樣走樣了，想想看，一天之內，數百個道歉文寫出██非民主、反人權的批判文字，會是什麼情況，這個社群擁有強烈的自

尊，現在卻讓人感到羞愧。Ilbe 上到處都是諷刺文字，其他進步陣營的網站則是譏諷「我就知道那邊是輕率的假進步陣營的大嬸們」。

結果這個社群被瓦解分裂，出現「大家！我們就這樣屈服於 Ilbe⋯⋯ ㅠ . ㅠ ;;; 好傷心好憤怒⋯⋯」的文字。

接著出現反駁的留言：「天啊⋯⋯因為這個不成熟的舉動而受害的會員真的不只一、兩位⋯⋯不能負責的話真的不能亂講啊⋯⋯」

結果連那個女人的資訊都被她們肉搜公開，那個說她老公是法律相關人士的女人，被當成是這個事件的元兇，她們認為都被這個女人騙了，而那個女人的老公只是一名稅務人員。

# 第五章

要在戰爭中勝利的話，
一定要讓國民對未來樂觀

三宮並沒有帶 01 查 10 去 10%。

「你這混球！不遵守約定？要拖到什麼時候才要帶我去？」

「幹！那根本無效！我們根本沒有成功，沒有拿到九千萬。」

三宮以低沉的聲音反擊。

「你現在是在開玩笑還是說真的？」

01 查 10 問。

「那混球在做什麼？你在說什麼鬼話？天啊！這白癡混蛋！」

01 查 10 抓著刀子胡亂揮舞，三宮急忙跳了起來，不斷躲避 01 查 10 的砍殺。

「你這人！我是開玩笑的！是開玩笑的！」

躲到角落的三宮慘白的臉喊著，車塔卡則是笑了出來，阻擋 01 查 10 的企圖。

「你再這樣隨意耍人給我試試看，真的會殺了你。」

01 查 10 放下刀說著。

「幹！你這混蛋，差一點耶！」

「你要遵守約定！去 10%這件事。」

「齁！不要去 10%，改去按摩房三次好不好？不，去四次如何，錢也一樣啊！」

三宮企圖協商，但是 01 查 10 卻不上當，一句直中要害的說：「唉唷！你這白癡神經病！那就去 10%就好啦！」

「哪時候去？確定個時間。」

01 查 10 這樣說道。

「哪時想去？」

三宮的問句讓 01 查 10 簡潔地說：「今天。」

而三宮邊搔頭邊說：「今天？今天？」

接著轉向車塔卡，詢問車塔卡：「喂！你要不要去？出三分之一就讓你跟，你應該也想去一次看看，不是嗎？」

「不用了，關了燈哪個洞不都一樣，按摩房還比較好。」

車塔卡冷漠的回應。

「穿衣服，快點出發！擇日不如撞日，反正現在又沒事做！」

01 查 10 催促著三宮。

「你這白癡！現在才下午四點！真的要現在去？現在？現在？現在？」

「對，現在去！」

「你這人，我怎麼會認識你這種人！好！好！我知道，穿衣服就去，你這個滿腦只有嘿咻的傢伙！」

雖然這件事情以笑聲作結，但是三宮內心卻不平靜，不能拿到九千萬的原因，是因為沒有在一個月內毀掉 Jumda，而之所以不能在一個月內完成，是因為密陽警方調查遲緩的關係。

畢竟在李哲秀給的一個月期限內，Jumda 還是好好的。

「那個人跟她老公……說什麼要採取法律行動，結果還不是消失……消失的不見蹤影……」

「真的是氣死人……真想知道她們是做什麼的！」

三宮想著該不該跟李哲秀說，如果跟李哲秀說：「其實所有事情都照計畫進行。」他不知道會有什麼反應。但是三宮想，他大概只會說自己的計畫很棒，只是李哲秀雇用的那些人真的有我們厲害嗎？

不！李哲秀要守護的人，是那位看了《朝鮮日報》之後生氣的那個老人，應該要等到 Jumda 被粉碎之後，再跟李哲秀報告會比較好，

反正李哲秀肯定也在監視著 Jumda 的情況。

這是他第一個錯誤判斷。

第二個錯誤判斷是沒有在跟 Jumda 會員和解中要錢。

「如果向一個大嬸要個一百萬和解金的話，就有三億了！我們居然要讓這三億飛了？」

車塔卡抗議過，但是三宮不聽勸。三宮認為如果拿了和解金，對那些大嬸們來說可能是恥辱或是經濟上有所損失，但是並無法給予 Jumda 重大的恥辱感，道歉文比較有用。更何況，若能因此從合包會拿到更多案子的話，不是更好嗎？相較之下那三億真的不算什麼。

但三宮真的是這樣想的嗎？

或許是想聽到李哲秀的讚美也說不一定，想嚇一下李哲秀，更可能是想聽到李哲秀的稱讚。

帶著成果去找李哲秀時，李哲秀給予稱讚、認可，但是他們並沒有達到他期待的水準。

「你們真的很棒、很厲害！但如果早個半個月的話，會更好，有點可惜。」

李哲秀笑著說：「那麼……」

「約定就是約定，錢就照約好的匯入帳戶。」

「四千萬嗎？」

「是四千萬。」

「不滿意我們的成果嗎？」

「你好像有點搞錯了，我不過是遵守約定罷了。」

期待落空的三宮垂頭喪氣的，李哲秀繼續說道：「事實上跟█████留言板相比，我覺得有個部分有點可惜。」

「哪個部分？」

三宮追問。

「這次的解法以後不能用了，看到 Jumda 的情況，其他網站也會學到教訓不是嗎？而且不是說這些會員超級無知嗎？」

「媽的！媽的！怎麼可說這種話！」

跟李哲秀分開之後，三宮內心不斷湧現髒話。

那之後，三宮監看了所有與███留言板相似的進步陣營的網站，因為李哲秀以更便宜的價格雇用其他的網軍部隊，對這些網站進行滲透破壞，用阿爾萊開發的方式。

那些進步陣營的社群，因為瑣碎小事而緊張不已，其中一個進步陣營的網站出現幾個帳號，不斷指正他人的拼音方式錯誤，最終引起紛亂，而這都是李哲秀的把戲。

但那又如何？難不成要主張著作權嗎？還是在網路上說出「這是我們開發的方法」嗎？

三宮邊唸邊走出套房，01 查 10 跟著走出門，車塔卡則是一臉恍惚的晃過幾個網站，最後走出門去便利商店買啤酒回來喝。

有線電視在轉播綜合格鬥（Mixed Martial Arts，MMA），韓國選手跟俄羅斯選手正在格鬥，兩位選手實力懸殊，韓國選手無法正確打中對方，倒是很爽快地不斷挨揍，但韓國主播依然稱讚著韓國選手。

「真是驚人的戰鬥力，韓鎮碩選手！真的是一位偉大的格鬥家！奮戰到底的精神真是令人敬佩，相當的偉大！他的眼神依舊充滿著鬥志！韓選手真的太了不起了！」

聽著講評，好似選手處在一個不合理的情境之下，讓他想到只會偏向自己人的███留言板與 Jumda。

「媽的！」

車塔卡一個人喃喃自語著。

電視畫面中，韓國選手為了躲避俄羅斯選手的攻擊，腳稍微絆了一下，以非常醜的模樣跌倒在地，又因為擔心技術犯規問題，而以猙獰的臉部表情，慌慌張張地站了起來。

「韓選手！真的擋不住，真的很偉大！」

「該死的傢伙，你真好，被打成那樣還有人這樣為你加油！」

車塔卡看著韓鎮碩選手說。

比賽結果，韓國選手壯烈的敗北了，車塔卡將手中的啤酒乾掉，原本預備再拿一罐，卻停下來笑著收拾一罐罐的啤酒瓶。

他去到他曾經與三宮、01 查 10 一起去的新村五字路口的酒店，跟那位女室長要啤酒，然後仿效三宮給服務生一張一萬的鈔票。

「大哥，您需要小姐對嗎？要幫您叫哪種類型的呢？」

「要臉蛋漂亮的，其他都無所謂。」

車塔卡稍微思索了一下這樣回應。

「好的，大哥，所以是不看身材對嗎？」

言下之意是評斷女孩的標準，不是臉蛋就是身材，這讓車塔卡相當感興趣的笑著說：「我也不在乎年齡。」

「大哥，有一位長得像申世景（신세경）的，不過她不願意續攤，這樣可以嗎？」

「可以。」

之後他為服務生倒酒，服務生向他行九十度鞠躬，兩手恭敬地接下酒杯。

一個人在酒店房間的感覺很奇妙，當服務生拿著一箱的啤酒進

來時，眼神好似是擔心他一個人無法喝完這一箱啤酒，車塔卡想著如果等等進來的女生很會喝酒就好了，他急忙乾掉一罐，再開下一罐啤酒。喝完這一罐之後，女生進來了。

「我是智允。」

女生恭敬地打招呼之後，坐到車塔卡身旁，車塔卡心想：「啊！原來申世景是長這樣的演員啊！」

想起自己不喜歡申世景的這件事情，不管是申世景，還是現在身旁的這個女生，臉蛋太黑暗了。

這女生很勤勞地剝葡萄皮，用牙籤挑出葡萄籽，接著出其不意地說：「我不續攤喔！」

「喔……我知道。」

那個叫做智允的女生很認真地倒酒、喝酒，沒有說一句話，看起來很會喝，感覺是醉了，但沒有到很醉，就這樣你來我往之下，女生開口問：「哥哥為什麼來這裡？」

「一個人喝酒很無聊啊！」

「那也可以去 talking bar 呀？」

「talking bar ？」

「那邊的女酒保會跟你說話。」

「我不知道有那種地方。」

「那些地方都可以去啊！還是你沒有朋友？」

車塔卡猶豫著不知道要說什麼，最後只說出：「去死！妳這賤貨。」回擊，他的回擊讓智允吱吱笑。

女生一點都不氣餒的一句句回應，這讓車塔卡覺得很有趣，就像跟一個平凡女生打打鬧鬧的感覺，智允笑的時候臉部表情比較開朗。

　　車塔卡的嘴巴叼著菸，女生也主動地為他點火。

　　「哥哥，我也可以抽嗎？」

　　「隨便妳，這幹嘛還要我同意？」

　　「因為有些客人不喜歡女生抽菸，說會有味道。」

　　「原來還有這種瘋子。」

　　「你本來就不續攤，還是只有今天不續攤？」

　　「不續攤。」

　　「所以從來沒有續攤過？」

　　「為什麼一直這樣問啦？去又怎樣，不去又怎樣？」

　　車塔卡醉了，腳步蹣跚地站了起來，女生身體突然瑟縮了起來，好像誤會車塔卡要打她一樣，讓他想起 01 查 10。

　　為什麼男人總是喜歡打比自己弱的人呢？

　　「我要去廁所。」

　　「嗯……嗯……」

　　車塔卡突然感受到這女孩的魅力，摸了摸女孩的頭，智允呆了一下笑著說：「我是小狗嗎？」

　　車塔卡在房間內的洗手間尿尿，幾罐啤酒下肚的關係，尿液又黃又有泡沫，讓他懷疑自己是在尿尿還是尿啤酒。從洗手間出來之後，看到那個女的一個人倒酒、喝酒。

　　「妳真的很會喝？哈哈！」

　　「我是真的很會喝。」

　　那女孩噗嗤撲哧的笑著，裝著啤酒的箱子裡已經剩沒幾罐。

　　「哥哥……你還要點酒嗎？」

　　「呵！抱歉，這些都喝完的話，我也喝不下了。」

女生呵呵地笑。

「為什麼笑？」

「一個男生走進來酒店，卻獨自喝著酒的話，會讓人覺得驚訝，甚至於會覺得是神經病。」

「是嗎？」

「所以妳才想快點喝掉，快點送我出去啊！」

「吼！媽的……」

他繼續喝酒，突然想到一件事情要問：「妳一個人來到只有一個客人的房間裡耶！」

「店裡有時候會這樣。」

「喔？」

「如果有奧客的話，我們會有奧客處理組，只要有奧客來，他們就會守在走道上。」

「原來如此。」

「如果不想這樣的話，就要變成專屬常客，可是要成為專屬常客的話，就要去續攤。」

「所以妳這樣灌男生酒，然後讓他快點離開就對嗎？身材好像有點走樣，妳每天這樣喝會死的，活不久的。」

「那又怎樣？一定要活得長長久久嗎？」

「妳的肝現在正在沸騰。」

「比感染性病好。」

「妳這賤貨，完全不肯認輸耶！」

「可是，哥哥你幾歲啊？」

他們就這樣邊詢問對方情況邊喝酒，笑著、擁抱著。

「喂！我先說在前……」

從地鐵上走上來的時候，三宮跟 01 查 10 說。

「什麼？」

「我其實不知道 10%，所以……」

「幹！你這混蛋，現在是在說什麼……」

「媽的，你這人，聽我說完！不是說不去，是要跟你說我們是要去 High0.15」

「High0.15 ？」

「對！混蛋！要去 High0.15，High0.15 中也會有水準比較高的，High0.15 基本上跟 10%類似，問在那邊工作的人是不是 10%的話，他們也會說自己是 10%。反正不知道的人就是不知道，就去那邊，我付錢！這樣可以嗎？」

「媽的……，好！知道了。」

向前走幾步路之後，01 查 10 突然停下腳步回頭問：「等等！所以你不說的話，我也以為那邊是 10%對吧？」

「對！」三宮回應。

「那幹嘛跟我說？」

「不知道，可能是今天不想說謊。」

三宮跟平常不太一樣，可是 01 查 10 卻說不出來三宮哪裡怪怪的，他問三宮：「你怎麼知道這些聲色場所的？」

「我哥曾經是沙龍的常務，所以常常會教我一些要訣，這也不是什麼好事……」

三宮回覆著。

「現在不做了？」

「他翻盤了，酒駕……」

他們走進名為「S-view」的店裡，室長走出來迎接，服務生帶位進入房間，三宮連給服務生的小費都跟在酒店沒兩樣，店內的裝潢與照明設備明明非常豪華，三宮給的小費只多一點點。

但走進來的女孩樣貌，讓 01 查 10 有點一失望，是路上會吸引男生目光的女生沒錯，但是卻不像藝人那樣漂亮，長得也不清純，像是賽車女郎一樣，她們的臉蛋反而像是整形外科廣告「整形後」的照片一般。

還有這些女孩都很高，還穿上高跟鞋，像外國人一樣，01 查 10 實在是不懂為什麼其他男人喜歡高個子女生。穿著像睡衣一般輕飄飄的絲質禮服，這也讓 01 查 10 很不滿意，他從走進房間的這些女生中，選了一個比較矮的女生。

「我是幼敏。」

「我是真賢。」

女生們打了招呼之後就坐下來，莫名沉默的期間，就只是喝著酒，三宮沒有碰他的女伴，01 查 10 也乖乖喝著酒。三宮心情不太好的樣子，是因為這一攤他要付錢的關係嗎？可是又不敢確定，01 查 10 對於人們可以因為臉色跟動作就知道對方心情的這件事情，始終感到非常神奇。

「好！現在該開始開場秀了吧！」

喝過幾輪炸彈酒之後，01 查 10 鼓起勇氣說出來，女生們互相看著對方。

「這裡不玩這個，哥哥……」

「不玩？」

「是啊！因為這裡是 10%啊！」

「因為這裡是 10%啊！」這一句感覺很有力，連 01 查 10 都可以察覺出這些人的自負心態，01 查 10 好不容易才忍住想要大笑的心，而女孩們也馬上察覺出 01 查 10 取笑的心態。

「哥哥為什麼要那樣笑呢？」

說自己叫真賢的女生這樣問。

「這裡不是 10%啊！這裡明明是 High0.15。」

01 查 10 笑著回應。

「誰說的？這裡是 10%啊！哥哥……」

「哥哥，這裡是 10%沒錯啊……」

01 查 10 看向三宮，三宮低著頭面無表情，有個女孩低聲的說：「啊！真倒楣！」

使得 01 查 10 不知道該說些什麼。

「喂！妳在說什麼？妳再給我說一次看看！」

三宮突然抬起頭來，看著那位名叫幼敏的女生，冷冷的說。

「哥哥，我做了什麼……」

「現在是在問妳說了什麼，喃喃自語地說些什麼，我們聽著。」

「哥哥，她什麼都沒說。」

這句話讓三宮把玻璃杯重重的砸向桌上，女孩們個個驚聲尖叫。

「不過就是個陪酒女，什麼叫真倒楣？喂！妳們可以這樣對客人說話嗎？媽的這些人……」

三宮的眼神跟臉色都不一樣，房間內的氛圍一瞬間變得不一樣了，女孩們都低著頭。

「對不起，哥哥……」

女孩們請求原諒的說著。

01查10假意咳了幾下，跟自己的女伴說：「做杯炸彈酒來吧……瘋女人！」

女孩趕緊製作炸彈酒，接著大家都在嚴肅的氛圍下繼續喝著酒，其中一個女生說：「哥哥……我唱歌好不好？唱最新曲？」

三宮馬上回答：「不用！」

不久後，女孩們走出房門。

「喂！你們去哪裡？這群八婆……」

01查10叫住那些要走出房間的女生。

「哥哥……我們要去隔壁房間一下，這是10%巡房的規矩。」

三宮再一次用悲傷的眼神望著她們的背影，男生們沒有繼續追究，女生打開門走了出去。

被留在房內的男生們，繼續不發一語的喝著酒，01查10先是喝著酒，後又想起什麼似的問：「媽的，隔壁的混蛋是晚餐前就到這個地方嗎？是做什麼的混球？」

「網軍混蛋？」

這話讓兩個年輕人狂笑，笑到無法收拾的地步，01查10抱著肚子，笑到眼淚都流出來。

「媽的，那群八婆真的很好笑？說什麼10%，那麼驕傲的話，不會乾脆寫上招牌說自己是10%就好！」

「算了算了！反正這些人都是有問題的，不用幾年就淪落到按摩房去了，老了……」

「喔……所以運氣好的話，可以在按摩房看到她們？要去哪一個按摩房？」

「幹！所以我才說要去按摩房啊！」

三宮跟 01 查 10 都笑了出來，從進到這間「S-view」到現在，是第一次覺得心情變好。

女室長與一位身材壯碩的人一同走進來，那個人穿著快爆開的西裝，跟在女室長後面，雙手交握於身前。

「老闆們，今天有讓您覺得不好的地方嗎？」

室長很有禮貌地詢問，室長後面的男子不是可怕的面無表情，就是一臉兇惡的樣子，是一位無法忽略的存在。只要有他，半徑五公尺以內都會因為他而緊張，拳頭也很大，用「像鍋蓋般的手」來比喻這個男子也不為過。

「沒有。」

「氣氛很不錯。」

三宮跟 01 查 10 不約而同的說道。

「那就好，好好享受今晚的快樂時光，女孩們！快進來！」

穿著禮服的女孩低著頭走進來，年輕男女尷尬的喝著酒，01 查 10 覺得這是這家店要趕人的前奏。

「看起來沒錢才會這樣，沒錢沒後臺的，我如果是什麼鬼檢察官的話，根本就不會發生這種事情。」

他翻電話找出惠利的電話來，猶豫了一下就傳 kakaotalk 給惠利。

「在幹嘛？」

「是誰呢？嘻嘻（○~○）a」

惠利一時還想不起來是誰，說自己是 IT 產業、拿到紅利一千萬的時候去店裡的、跟一位有肚子的變態搭乘同一部電梯之後。

「啊！哥哥！對不起對不起！
惠利的記憶力很差、很笨的，科科科。
不過哥哥怎麼了嗎？今天不用工作嗎？s（￣▽￣）/｀」

「提早結束，突然想起妳。」

「科科科，愛上惠利了嗎？來跟惠利一起玩咩⋯⋯
惠利的魔力？科科科⋯⋯（自我推薦，棒棒⋯⋯⋯⋯）」

「妳在幹嘛？」

「我？我現在準備要去店裡了⋯⋯唉唷⋯⋯
可是好不想去上班了，
嗚嗚⋯⋯誰來救救惠利啊⋯⋯ヘ（￣ρ￣ヘ）)))...」

「我去找妳玩？」

「真的嗎？我肯定是大大歡迎的唷⋯⋯」

01 查 10 抬頭一看，三宮也拿著手機跟某個人簡訊中，連同那兩個女孩也拿起手機聊天中，四個男女在黑暗的房間內，沒有說話，卻都跟某個人不在場的人用簡訊聊天中。

01 查 10 簡訊給三宮。

「不好玩。」

「是啊！」

　　　　　　　　　　　　　　　「去其他地方？」

「什麼？」

　　　　　　　　　　　　　　　「去其他店。」

「你瘋了嗎？」

　　　　　　　　　　　　　　　「我付錢。」

「你這個啟蒙晚的，不要這樣！
萬一成習慣的話，馬上會變乞丐的！」

　　　　　　　　　　　　　　　「一起去！」

「算了，我今天已經夠烏煙瘴氣了！」

　　走出店裡也才八點左右，滿街上都是身著西裝的上班族，01 查 10 對於身著 T 恤與棉褲的自己覺得有點羞愧，頭髮有點長，想著好像該剪頭髮了。

　　他們走進便利商店一人買了一杯解酒飲料，三宮突然掏出兩張一萬塊，遞給 01 查 10 說：

　　「這給你當車費，看你是要回辦公室還是去其他店。」

　　「你呢？」

　　「既然來江南了，想去見個人。」

　　01 查 10 假裝要往捷運站走，卻回頭悄悄跟在三宮後面，三宮站在德黑蘭路上抽著煙，像在等著某個人一樣。

　　剛好有一對好似剛下班的男女，在街上相遇之後，互相擁抱對

方，他們牽著手走在路上，男生問女生：「想吃什麼？」

女生沒有回答，反而是靠在男生肩膀上。

戴著耳機的年輕男性上班族，口裡不知道在喃喃自語些什麼，可能是英文，也可能是中文。

戴著識別證的年輕男性上班族們，手中拿著咖啡，加快腳步的走著，看樣子是要回公司加班，01 查 10 超級羨慕他們。

三宮一動也不動的站著，不久之後，來了一輛超級長的外國進口車，停在三宮面前。01 查 10 從來沒有看過那種豪華車輛，現在明明是塞車時間，司機還從駕駛座下車繞過來為三宮開了車門，而在這輛黑色進口車後面的車輛，乖乖的等著，沒有按喇叭催促。

三宮上了那輛高級進口車，司機小跑步的回到駕駛座，車子出發。三宮離開 High0.15 之前，收到李哲秀的簡訊。

「我派車過去接你過來，有約的話，就先取消。」

那輛車是勞斯勞斯 EWB 的車款，本來一上車想詢問駕駛，但他忍住了，總覺得好像不該問這個問題，所以用手機查了一下這輛勞斯萊斯 EWB 的資料。


V12. twin turbo.6592cc.

0……100 加速 4.9 秒

4 億 7400 萬韓元


EWB 離開江南，跨越漢江，車內完全聽不到周遭的吵雜聲音，覺得其他車輛都紛紛避開這輛車。

車子往南山方向上山，經過凱悅（HYATT）飯店後，停在一間

像是咖啡廳的小型建物前，那是個人車都相當稀少的地方，三宮自行下車，駕駛座上的司機急忙的小跑步到三宮面前，鞠躬說：「非常抱歉！」

三宮有點遲疑，不知如何是好之際，一位三十多歲的女性走出建物，這位女性的美貌是剛剛那些10%女郎無法相比的程度，從髮型、眼神到姿勢，這是三宮無法知道的世界。這位女性穿著拖地的白色絲質禮服，三宮想起在雅典穿著女神服飾運送奧運聖火的那些女性。

「請問是李室長的客人嗎？」

那位女性開口詢問。

「是……」

三宮不太確定的回答。

三宮跟著那位女性走進那棟建物，要在玄關脫鞋，換穿拖鞋。三宮一進到這棟建物裡面就知道，這裡面所有的物品都是最高級的，不論是燈光、大理石等等，都是他第一次見到的物品。

入口處隱約聽到鋼琴聲，但卻不是錄音播放，是有人在大庭演奏鋼琴。一位穿著紅色禮服的演奏者，看了一眼三宮，並點頭致意，那位女性演奏者比引領自己走進來的那位女性更年輕、更漂亮，讓三宮全身雞皮疙瘩，為她驚人的美貌肅然起敬。

「如果我就這樣走過她的話，那她不就要獨自一人待在大庭演奏了嗎？這好浪費喔！」

三宮跟著雅典娜女神從大庭上樓，身著禮服的女性在黃銅色大門前，鄭重地敲了敲門後，才打開門。

三宮對於眼前的景象感到異常震驚，巨大圓形的黑暗房間，完全看不到前方有些什麼，牆壁幾乎都是圓形玻璃，窗外可以俯瞰梨泰院

與三角地一帶的風景，好像搭乘 UFO 俯瞰首爾一周的感覺。

「就是這個人。」

聽見李哲秀的聲音，爾後三宮的眼睛習慣黑暗，他看到一張半圓形的沙發圍繞著窗戶，李哲秀身著襯衫、打了領帶，坐在其中一個位置上。房間正中央有一張玻璃桌，桌上有一座燭檯，點著燭火，那是這個房間唯一的照明設備。

三宮一時之間搞不清楚李哲秀在跟誰說話，幾秒之後，他發現他背後有兩個人坐在那邊，長髮女孩被一位又矮又胖的光頭男抱著。

李哲秀示意要三宮坐下來，三宮急忙在那位抱著長髮女子的男性對面坐下。

「孩子啊！不要坐那邊，那邊會擋住風景。」

男子以低沉的聲音說著，三宮趕緊移動到李哲秀的對面坐下。

「嗯！很好很好！就坐那邊。」

三宮終於找回自己的思緒，抬頭看了看那位男子，是一位老人，大概七、八十歲左右，幾乎沒有頭髮，眼皮皺紋幾乎蓋住他的雙眼，小小的肩膀與體型，但他散發出一股冷酷、殘忍的氣味。

三宮在認真觀察這位老人之後，才將眼神轉到旁邊，這下三宮驚訝到差點忘了自己在什麼地方。這位少女比剛剛那位在大庭彈鋼琴的演奏者更美麗，她穿著白色禮服，緊貼著老人，那是韓國人不會有的眼、耳、鼻、嘴巴，看來是白人混血兒，年紀大約是十七歲左右，具有一種神祕的美貌。能描繪少女美貌的說詞只有一個：維多莉亞神祕模特兒。

三宮以相當疑惑的眼神看向少女，卻又發現一個驚人的事情，在穿著睡衣的老人兩腿之間，少女的手正以緩慢、輕柔的方式撫摸。

少女發現三宮正在看自己的手與身體，所以轉頭望向三宮，有點像走在路上看廣告看板那種無意識的眼神，三宮突然意識到自己的存在相當尷尬。

「很好！你哪間大學的？」

老人問。

「地方大學。」

三宮直接的回應，老人沒有任何反應。

「回答問題要具體一點，不知道就說不知道。」

旁邊的李哲秀提醒著，三宮一聽到這些話，馬上就說出畢業大學的名字，老人還是沒有什麼反應，三宮畢業的大學名稱，對於其他人來說完全沒有聽過。

「當過兵嗎？」

老人詢問。

「空軍 5315 部隊，中等兵退伍。」

沒有人說該如何回答，但可以感覺到「空軍」兩個字，讓老人不太舒服，三宮不禁吞了吞口水。

老人一瞬間對三宮失去興趣的樣子，開始用叉子吃起他眼前那盤看不太出來是什麼的食物，盤子旁邊有一瓶洋酒，只有一個酒杯。

「還沒吃飯吧？」

坐在李哲秀旁邊的雅典娜女神問道。三宮完全沒有想到該推辭，連聲說：「對！對！」並點頭，女神輕笑的走出房間。

時光流逝，房內沒有人說一句話，三宮又往老人與少女方向瞄去，少女的小手依然在老人兩腿之間蠕動，老人手握叉子的手，好似睡著一樣。

李哲秀面無表情。

再次回到房間的雅典娜女神走向老人問：「會長，我可以為您唱首歌嗎？」

「喔！好！好！」

原本不斷瞌睡的老人打起精神回應。

「要為您唱什麼歌呢？唱《你在遠方》好嗎？」

「嗯！」

女神站到桌子前方，沒有伴奏直接哼唱。

♪早知道就說我愛你，

　沒有你我活不下去，

　早知道就說我愛你，

　當我一猶豫就遠走的那個你。

明朗的歌聲在 UFO 內迴盪，令人回味的音色，李哲秀的眼睛逐漸謎了起來。

「哇！很好！」

女神唱完歌，老人就開始拍手，女神將手擺放在胸前，向老人鞠躬致意。

房間門再度被打開，一位身著廚師服裝的男子推著餐車進來，女神用手指指著三宮，廚師在三宮面前擺放餐巾與湯匙，並放下一道煙霧裊裊的盤子，是燉牛肉湯。

接著廚師說了句「請好好享用」後，恭敬的鞠躬之後走出房門，三宮看著其他人的臉色，猶豫了一下。

正準備拿起湯匙時，老人開口問：「孩子啊！你知道剛剛那位姊姊唱的歌嗎？」

「知道，這是我小時候就有的歌。」

三宮驚嚇的迅速放下湯匙回應。

「有一位叫做趙寬友的歌手重唱過，在一九九〇年代左右。」

李哲秀在旁說明，老人點點頭繼續說：

「那首歌是金秋子（김추자）的歌，金秋子初出道的時候，大家都很震撼。可是那首歌紅不是因為金秋子，是這首歌本來就很棒，不管誰唱都會紅，對不對？」

「是的。」

李哲秀這樣回應。

「孩子啊！這首歌是申重鉉（신중현）作的，你知道誰是申重鉉嗎？申重鉉與銅錢們，這個人是天才，超越時代的天才，我很喜歡這個人的歌，可是我把這個人送進牢裡去，還禁止他的歌曲傳唱，很諷刺對吧？我真的很喜歡這個人的歌，一個人狂唱唱到膩為止的喜歡。

「我的前輩們也一樣，他們喝酒的時候一定會有李美子（이미자），從動筷開始就唱起李美子的歌曲，那些他們曾經禁止傳唱的歌，包含那首《冬柏小姐》，朴通（박통）他們都非常喜歡，可是他們卻只能禁止她的歌曲，每一個時代都會有必須用《好好活下去》這一類歌曲取代那些歌曲才可以。

「我還是認為當時抓了申重鉉或是韓大洙（한대수）這件事是對的，你知道英國為什麼會變成這樣嗎？就是沒有辦法遏止男生像女生一樣化妝才會這樣。然後美國，美國就是無法取締那些不三不四的黑人，才會變成這樣。日本也是，應該要把那些畫出頹廢漫畫的人抓起

來才對，可他們不敢。知道的日本的人都知道，這太明顯了，不動產問題也是，明明都知道卻不敢動手，真的是一群廢物！」

燉牛肉湯漸漸冷掉，三宮想這時候吃是不對的。

「申重鉉！」

老人大喊了一聲站了起來，讓三宮嚇了一跳。

老人以低沉的聲音唱著，不敢置信的是，這小小的身軀，聲音居然如此宏偉優雅。

♪天空湛藍、白雲飄飄！
　風輕柔的吹拂，吹進我的心，
　盈盈綠葉與豐沛江水的那個美麗的地方，
　你在、我在……

李哲秀依著拍子拍手，雅典娜女神與維多莉亞的神祕少女也隨著節奏拍著手，三宮也跟著打著拍子。

♪我們在這片土地上出生，
　在這片土地上成長，
　在這裡茁壯……

「咦！這首歌不就是李仙姬（이선희）改編，原曲是申重鉉嗎？」三宮這樣想著，老人則是陶醉在這首歌曲中，不知道自己的口水都流了出來。

♪那該有多好，
　我們在這裡相愛，
　與你一同歌唱……

　　老人的間奏用「barabara baea baeababa」取代，兩手不斷交叉、張開，李哲秀坐在椅子上也跟著伸出雙手擺動，雅典娜女神、維多莉亞神祕少女、三宮也跟著擺動，相當奧妙的一場合唱。

♪ barabara baea baeababa
　barabara baea baeababa
　barabara baea baeababa
　barabara baea baeababa

　　老人沒有唱完這首歌，他唱到那句「想永遠在這裡創造我們的新夢想……」然後他就哭了，氣氛瞬間嚴肅了起來，雅典娜女神掏出手帕為老人擦拭臉龐，纖纖玉手沾上了老人的口水跟鼻涕。
　　「孩子啊！你在學校應該有學過，景氣好的時候，社會會蓬勃發展、出生率增加、股市豐收，女人的裙子會越來越短，享受著社會氛圍。相反的，如果景氣不好時，就會出現讚揚自殺的小說、憂鬱的歌曲、恐怖電影會風行，但根本不是這樣的。」
　　三宮點點頭聽老人說話，老人一點都不糊塗，若說他語無倫次，他其實也沒有必要一板一眼的一一跟對方說明解釋。
　　「申重鉉！」
　　老人再一次大喊，接著回到座位上，並用自己喝過的酒杯，倒了

杯洋酒遞給三宮。

「喝吧！」

三宮一口乾杯，老人呵呵笑著說：

「喔！那個朴通也沒能喝到這個，25年酒。」

洋酒瓶上寫著「皇家芝華士（Chivas Regal）」，酒瓶中央刻印著「25」這個數字。

「我還要申重鉉做一首歌，之後人們卻流傳說申重鉉拒絕為讚揚朴通的歌曲作曲，所以他才進了監獄。但這不是事實，我要求的歌曲不是讚揚朴通，而是想請他做一首表達真實心情的歌曲。

「《好好活下去》這首歌，說實話真的很蠢，我也討厭那首歌，所以我要他作出一首可以取代這首歌的歌曲，更有藝術一點的歌曲。可是那個申重鉉拒絕了，當時或許他自覺應該要拒絕，因為他是藝術家，但是送他進監獄之後，這人居然做了許多奇怪的歌曲，那些會讓人精神混淆的歌曲、讓人猶豫不決的歌曲，可說真的，我還真心喜歡他的那些歌曲。

「說起申重鉉這個人啊！是挺有趣的，我們那樣拜託他，結果他還是拒絕，之後他寫出來的歌《美麗的江山》，我一聽就知道了，這個申重鉉是為我做這首歌的，不過已經來不及了。

「紅鬼們比我們先取得這首歌，我們確實比那群紅鬼混蛋慢上許多，現在也是這樣，原本那群紅鬼就比我們會寫文章、比我們會拍電影，看看小說界跟電影圈，統統都是紅鬼的天下，以前是這樣，往後也會這樣。真的是太可惜了，明明是如此好的一首歌曲，可惜這一首好歌……」

老人又倒了一杯皇家芝華士遞給李哲秀，李哲秀也一口乾杯。

「最近搞政治的人都不知道，經濟不能決定社會氣氛，但社會氣氛可以決定經濟的、團體的力量、群眾的心理等等。一定要讓人們對未來有積極的信念，就算周圍烏煙瘴氣、都是垃圾山也無所謂，因為人們是強悍的。

「保羅・約瑟夫・戈培爾（Paul Joseph Goebbels）說過，要在戰爭中取勝的話，一定要讓國民保持樂觀的信念，戰爭就是要對抗那些苦難！

「就算是農村出身，目不識丁的兵士，只要跨過那一高地，只要能跨過那一個關卡就可以了，只要跨過那個關卡就可以成為偉大的戰士，這在軍隊裡稱為『再忍一下、挺過去！』。人們當時生小孩，女人們穿短裙誘惑著男人們，只因為對未來樂觀、有信心，願意一天工作十二個小時，他們知道幾年後可以獲得更好的酬勞，所以人人不覺得疲累，這就是社會氛圍帶動經濟的最佳證明。

「可是那些笨蛋一點都不覺得這是光榮，最近那些年輕人一點戰鬥力都沒有，什麼拋棄世代的，根本就是自我放棄，完全惡劣的思考邏輯。我想諷刺這些明明只要努力一點就可以登上珠穆朗瑪峰的孩子，『不就是爬爬家附近的小山而已，是在鬼叫些什麼？』只想輕視的說：『登山很累吧！』那些人的人生無法取得成功，然後那些人纏住孩子們的未來，應該要統統抓走關到監獄去。」

老人又倒了一杯皇家芝華士遞給雅典娜女神，女神也是爽快的一口乾杯。

# 第六章

宣傳只有一個目標：征服群眾

「就像是帶著不論做什麼、怎麼做都不會變好的想法，會阻礙人們思考，阻礙人們的精神一樣。那些人都知道，但他們使盡全力忘記這些疑惑，撇得一乾二淨的。整天沉醉於自我興趣中，抖掉煩憂，只會不斷敲打計算機，不停的確認是否真的沒有希望，找尋天父、將自己泡在酒裡，可是又能怎麼樣？

「只要是正常的人就應該生氣，反省自己哪裡有錯，這時候不生氣的話，根本就不是人。人會憤怒，就會開始找犧牲品，跟我現在我賺了多少錢、做了多少公益服務無關，重要的是未來的希望。

「原本企業就是做一些別人看不到的事情，不論景氣好與壞，那是企業本性。景氣好的時候，人們無所謂，認為那又怎樣呢？可是當景氣變差了，就會變成混蛋，國家就必須出面接管，不這樣的話，憤怒就可能會推翻政府。而接管之後一定會弄出些什麼，不管是騷擾、背信、賄賂等等，問題是哪個企業會沒有這些問題？

「當人們憤怒時，那些企業就只能等著完蛋，這些公司完蛋之後，人們會認為『爛成那樣，會完蛋是理所當然的』。但人們想錯了，不是因為爛成那樣才完蛋，是因為人們生氣了，無法容忍爛才會完蛋。明明出生率高最優先、女生要穿短裙才是最優先，才會是經濟指標變好的重要關鍵。」

老人倒了杯洋酒給維多莉亞神祕少女，少女也一口乾杯，這還是三宮第一次看到少女像一個人的樣子。

「想要統御一個國家的人都該知道，我們就都知道，因為我們能看出長期的趨勢，我們不遺餘力地想改變社會的氛圍。」

老人倒了一杯洋酒給自己。

「不！什麼都很好，全斗煥也沒有做不好，最近政治人物啊，那

根本不能說是政治……。每年都在選舉，根本沒有能力看長期趨勢，這個時代是無法展現政治實力的時候。我一開始也覺得這樣不錯，畢竟時代在改變，所以我們現在必須引領下一世代，是不是？這是我們該做的事情不是嗎？過去我們打敗了貧窮不是嗎？我相信我該做的事情都做到了，所以我用了二十年的時間賺我的錢，有一段時間完全沒有看報紙。

「直到看到狂牛病示威之後，我算是驚醒了，我發現現在人們非常生氣，感覺到這一點，我知道該是找尋犧牲品的時間了。為國家工作的那些人甚至無法處理這種簡單事情，這真的是事情大條了，我看了報紙，也到書局買回最近流行的書籍，看了網路留言板、聽了流行歌、看最近風行的電影，我眼前真的是一片黑暗，達到千萬人次觀看的電影中，竟然沒有一部是明朗的內容，沒有一部電影指出大韓民國是個適合居住的地方。

「網路漫畫也看了，那些網路漫畫作家描繪狂牛症的漫畫，煽動人群的畫法……，那些作家全部都是沒有錢的年輕人，因為他們沒有錢，是一群原本就對社會充滿不滿的孩子，要收買他們只要幾億就夠了，但是政府沒有這樣做，放任這種情況蔓延。我要早知道的話，我就會這樣做，我會保管幾張那些孩子的作品，之後我會大量複製，在光化門大量宣傳，只要寫下『請自由取閱』，沒有人會說什麼。」

老人又倒酒給三宮。

「那個時候我真的怕了，我知道人們因為太生氣，所以什麼都聽不進去，我想要開始對話，卻不知道該怎麼對話。再這樣下去國家會滅亡，所以我必須站出來，用我這個衰老的身軀引領這一切走向正途。這些推著娃娃車出來的女人相當壯觀，今天突然叫你過來，是因

為你讓這些人徹底敗亡，真的很棒！非常棒！」

「非常謝謝您。」

三宮恭敬的鞠了躬，已經放棄喝那碗燉牛肉了。

「不過我現在不氣那些孩子了。」

老人這樣說，李哲秀的表情瞬間變了樣，好似有點驚訝。老人繼續說著：

「我說人啊！想法是不會輕易改變的。喜歡趙容弼的人，不會因為老了就改變想法喜歡金惠子（Patti Kim），喜歡趙容弼的人會跟趙容弼一起到老。就像我的父親會跟白雪姬（백설희）一起老去，我跟申重鉉會一起老去。

「拿著燭火的那些孩子應該也不會改變，那些出生於一九八五年到一九九五年的孩子，特別是那些女生們，我想他們都被拋棄了，所以他們才會這樣一生都怨恨政府國家。看看那些嬉皮醜陋的老去，這些孩子以後都會變成那樣，不讀書、不聽其他人的事情、不聽他人講自己的事情，完全不願意溝通，腦袋裡只想著八〇年代光州，想到光州就流淚，他們就只會這樣活下去，光看全羅道人口增加速度不就知道了嗎？我們能怎麼辦？不讓他們投票嗎？不讓他們上網嗎？事情就會變成這種樣子。有段時間，他們掌握網路動搖人心，現在是網路讓現實變黑暗，黑暗時代來臨了。

「我們要策畫下一個時代的攻略，那些還沒有被成見影響的孩子，必須穩固他們的精神健康。就像百事可樂，當他們一次次敗給可口可樂之後，他們就知道二十歲以上的人不是他們的對象，舉白旗投降。不管可樂有多好喝、有沒有雇用昂貴的模特兒宣傳、品牌形象有多好，他們就是無法說服二十歲以上的人。所以他們放棄成人，宣傳

戰略改向孩子進攻，為了未來做準備，我們也必須這樣做⋯⋯」

李哲秀點了點頭。

「但是這場戰爭中，有一點對我們相當不利。孩子啊！你知道是什麼嗎？」

老人望向李哲秀這樣問，李哲秀沉默了一下後說：

「老⋯⋯老師們。」

「對！就是他們！孩子們被這些老師洗腦，大韓民國的老師們都是什麼樣的人呢？都是輸家！真的因為想當老師才當老師的人大概只有不到百分之一，其他都是因為教職員年金才考老師的，不到三十歲就放棄冒險，選擇安樂度日的膽小鬼們！卑鄙者！偽善者！完全不懂外面世界的無知份子！甚至於連那百分之一的那群人，也不過是孩子喜歡的變態而已，這群把孩子野心跟欲望澆熄的沒用的混蛋！令人寒心的傢伙，居然正在教育我們的孩子！」

老人敲了桌子，發出了「哐！」的聲響，三宮抓住了左右搖晃的洋酒瓶。

「還有，那些傢伙都是紅鬼！你知道什麼是紅鬼嗎？紅鬼就是那些相信人間天堂的人，我想要創造更美好的社會，我願意為這個付出我的一生，但我不相信人間天堂，那不可能存在，人類不是天使，怎麼可能有活在人間天堂的資格？

「人間天堂只存在書裡，只存在理論裡，小時候可能會相信這些，但是逐漸長大之後就會知道那是幻想。把人當成天使的話，根本什麼事情都做不了，所以我說人啊！要好好做事才可以。好好做事，懂得打敗他人，充分展現人類本性之後，就會知道人間天堂根本不存在。可是，那些壞了事卻不會被罵、不需要擔心後路的那些傢伙，他

們根本沒有這種經驗，所以年紀漸長也無法拋棄人間天堂的夢想，就是這些人阻止了有野心的未來希望，而他們卻無法拋棄對現實的不滿，這些人是誰？嗯？」

老人這回望向三宮問道。

「老師們。」

三宮畏縮地回答。

「更壞的是，這些人又不是真的紅鬼！真的紅鬼會有犧牲的決心，帶著槍進行革命，假的紅鬼連這都做不到，只會在背後說壞話。目前我們社會還不如人間天堂，放著不管的話，原本可能到達人間天堂的我們，會被那些守舊勢力阻礙。

「那些人為什麼這樣說話？因為他們要為自己寒心的處境辯解，這就是那些老師在教室裡說的話！這該怎麼辦才好？啊！這到底該如何阻止！」

老人再次淚眼汪汪，維多莉亞神祕少女將老人抱在懷裡，老人將臉埋在少女的胸口，像孩子一樣哭了半天，不久後他抬起頭，鼻子流出一條條的鼻涕，口水還黏在少女的胸前。

老人就這樣沒有擦拭的從椅子上站了起來，走向三宮，三宮強忍住想要後退幾步的想法。老人說：「幫幫我這個老者，我們出生的這個美麗的地方，讓我自傲的這個地方，讓這裡可以讓我愛的人一起歌唱！讓我們的孩子可以有新的夢想，你可以做到嗎？」

「是的，我會的。」

「聽不到！大聲點！」

「是的，我會的。」

三宮拉高音量。

「再大聲一點！」

「是的，我知道！」

三宮用盡全力。

「好，很好！非常好，那個人……」老人邊說邊指著李哲秀。

「那個人對你讚譽有加，說你是可用之材，我從來沒有聽過那個人稱讚過任何人。說真的，我今天見了你，還是不知道你是什麼樣的人，看起來就是一個弱弱的、乳臭未乾的小子而已。

「但是我相信那個人，那個人有卓越的能力，有識人的慧眼，當年的我們不需要有這種能力，只要看哪個大學出身、有沒有當過兵就可以了。先叫他做事，不行的話就踢踢小腿，踢了小腿、痛打一頓也沒有用的話，就會丟棄他，所以一開始完全不用知道底細，但因為我相信那個人。」

三宮聽著老人的話，內心相當沸騰，覺得這也太甜言蜜語了吧！三宮忍住內心的激動，但卻忍不住的想著：「我受到認可了！我獲得認可了！」覺得好感激、好感動，已經超過十年了吧！真的好久沒能感受到這陌生的喜悅感。

老人在李哲秀跟維多莉亞神祕少女的攙扶下離開房間，老人走出房間後，雅典娜女神起身，三宮也稍稍移動一下屁股。

「那個老人該不會跟那個女孩睡吧？」

李哲秀幾分鐘後回到房間，他坐在不久前老人坐的那個位置上，解開領帶，而雅典娜女神拿出三個杯子倒了洋酒，李哲秀喝了酒，卻不像剛剛老人在的時候一乾而盡。

「不論何時跟他見面都覺得很累。」

李哲秀閉上眼睛說。

「今天您很棒。」

雅典娜女神安慰著李哲秀。

「而且仔細聽聽……，為什麼就不會想說要針對十幾歲的孩子進行攻略，跟個笨蛋一樣。」

雅典娜女神拍了拍李哲秀的肩膀，李哲秀靠向雅典娜女神，女神的禮服肩帶有點掉落，禮服向下掉落，幾乎可以看到她白嫩的胸部。

三宮假裝喝酒，眼神卻望向對面，李哲秀將臉埋進女神的胸前，還來回不停蠕動著，女神像哄小孩一樣摸摸李哲秀的頭。

「要不要幫你叫女人？」

李哲秀這樣一問，讓三宮嚇了一大跳。

「沒……沒關係。」

不過他話說出口的瞬間就後悔了，但還好李哲秀並沒有接受三宮推辭的意思，拿起電話不知道打去哪邊，只聽到他跟電話那頭說：「嗯！對，送過來，南山。」

三宮忍住想說「我喜歡外面彈鋼琴的那個」的念頭。

在李哲秀打電話的時間裡，雅典娜女神解開他的皮帶，拉下他的內褲，觸摸著李哲秀的胯下，這時的李哲秀跟那個老人好像。

「以後要跟我們一起做事情的話，就要丟棄那些業餘不懂事的行為，遵守期限、遵守約定，有需要的時候要說，這是我們做事的方式知道嗎？」

「是的，我知道。」

三宮有禮的回應。

「我不管你是哪個大學畢業、哪個部隊退伍，我看的是你的能力，你有能力，你知道對吧？」

「是的。」

「你認為是什麼能力？」

「是的，這個……」

三宮猶豫了一下，很認真的回應：「我不是很清楚。」

「你的能力就是想像力，韓國難以找尋的能力，以前我們也有跟其他人合作過，那些人想像力就很差，還想用勤勉帶過討賞。不要這樣，不可以的時候就說不可以，知道嗎？」

「是的，我知道。」

李哲秀拿著洋酒瓶靠向三宮，三宮趕緊將杯中沒有喝完的威士忌喝掉，兩手恭敬的接下李哲秀為他倒的酒，酒杯在搖晃，因為三宮的手在顫抖，三宮為此感到羞愧。

「從組長那邊拿到 Jumda 的帳號跟密碼的時候，有覺得哪裡奇怪嗎？」

李哲秀這樣問道。

「幽靈人……，臉書跟推特有使用的痕跡，但事實上沒有這個人，是他們做出來的人……嗎？」

「對……那些是在你之前雇用的人的作品，你聽過『摩根森家族計畫』嗎？」

「沒有。」

三宮搖搖頭說。

「這是美國一組行銷專家做過的實驗，選出演員讓他們成為摩根森家族，接著讓他們住到加利福尼亞州的一個社區。這家人一搬進這個社區，從先生、妻子到小孩，成天與社區朋友玩在一起，宣傳公司選定的產品，最後那個社區的產品銷售量上升幾千個百分點。

「在你之前的那些人，認為他們可以在網路上成功複製這個計畫，我們也給了他們錢，可是卻失敗了，但他們居然還有臉說自己成功。做出什麼『愛國賽車女郎』、『愛國少女』的幽靈人口，說什麼臉書朋友有上千人、推特追蹤有幾萬人，卻只能做出那些虛張聲勢跟不成熟的謾罵，跟之前組長公司採用心理戰的方式一模一樣。那個幾萬人、幾千人的數據根本沒有意義，畢竟我們無法在每一個社區都安插假的一家人，你知道我在說什麼嗎？」

「是的，我懂了。」

「把海水弄淡也無法引水自用，要讓一百萬人、兩百萬人一起動起來才行，行銷的手法不可能直接援用外國案例，沒有這回事！真的沒有任何想法的話，就躺下過你游手好閒的生活，因為想像力不是這樣用的。」

「是的。」

「還有，你們那裡一定要這樣執行嗎？」

「啊？」

三宮聽不懂李哲秀的提問。

「車塔卡跟 01 查 10 兩個人，一定要用這兩個人嗎？專門的人力或是 IT 專家，我可以送幾個過去，還有演講、撰稿到定裝照，我們都有人。」

「我們一起工作很久了，很熟悉也很清楚彼此的個性，所以短時間內……」

三宮舔了舔嘴唇回應。

「就先給你兩億，三個月的時間，你們就都試試看，需要協助的時候就來說，剛剛說的那些專家，有需要就可以提出。錢不夠的話，

只要來說明用途就可以拿去用，我們三個月後再來看結果。結果不錯的話，我們就正式簽約，一年期的，到時候簽約金……」

李哲秀用他的手機敲了幾個數字，拿給三宮看，三宮看了嚇到都合不攏嘴。

「如果成績讓我們滿意的話，每年都會調漲簽約金，也會給特別紅利。」

李哲秀這樣說著。

「有什麼好驚訝的？這點不算什麼，那個老人有好幾棟房子，是非常有錢的老人，跟我們簽上幾年的契約都用不掉他一棟房子。」

三宮終於回神。

「那個……，我可以問一個問題嗎？」

李哲秀點點頭。

「是不是除了我們之外，還有僱用其他人？那些人用我們在██留言板的方式，攻擊其他網路社群？」

「關於這些問題，前者是 Yes、後者是 No，你們開發的方法，真的是太得我心，這招隨時可以適用在其他進步陣營的網站上，但不是現在。而且那些人並沒有用到會長的錢，我們有另外免費的方式，那也是等著那些紅鬼自投羅網，我也有想像力，雖然不如你。」

李哲秀的稱讚讓三宮再度滿心歡喜，此時突然有人敲門，三宮以期待的眼神望向門口，卻差點滑落椅子，雖然這個夜晚不斷出現讓人吃驚的事情，卻沒有比眼前發生的事情更讓人驚訝。

三宮認得那張臉，那女的一走進房間就知道自己應該要坐到三宮身旁。

「妳是那個拍飲料廣告的那個……」

　　「哥哥……我是安琪拉。」

　　這位新秀女演員以純熟的手法為三宮倒酒、勸酒，李哲秀再也沒有跟三宮說話，應該是要三宮好好享受的意思。幾杯酒下肚之後，安琪拉脫下三宮的褲子，三宮跟那位女演員熱情擁吻，女人的嘴裡散發著甜甜的威士忌香味。三宮用心品嚐那位女演員的舌頭，想起那些自以為是的 High0.15 整形怪物們，他笑了出來。

　　走出建物的時候，三宮已經醉了，停車場有一輛銀色的 BMW，安琪拉的經紀人看見三宮之後，鞠躬打招呼，安琪拉拉著三宮進到車子裡。三宮在後座不斷撫摸安琪拉的身體，彷彿此刻的自己，就像那些他一直很想成為的好萊塢演員，或是財團三世、運動明星一樣。

　　車子繞過南山到達首爾悅榕莊度假酒店，車子停進度假酒店停車場時，經紀人從駕駛座遞給安琪拉太陽眼鏡跟口罩，安琪拉戴上太陽眼鏡跟口罩到櫃檯訂房。

　　進到房間之後，三宮先洗澡，在等待安琪拉洗澡的時間裡，三宮閉眼躺在床上，他認真的盤算著剛剛李哲秀的話、老人的話。

　　「金秋子出道的時候真的很衝擊……」

　　「因為我們那個時候會綜觀長期趨勢……」

　　「膽小鬼們！卑劣者！偽善者！」

　　「有另外免費的方法，那也是等著那些紅鬼自投羅網……」

　　「到底是什麼方法？」

　　洗完澡的安琪拉站到床前，她將浴巾拉開，浴巾之下什麼都沒有穿，她就這樣全身充滿水氣的跳上床，像貓咪一樣舔著三宮的身體。

　　「可以問一下哥哥你是做什麼的嗎？是電視嗎？」

　　三宮回答：「不是。」然後又加上一句：「我的工作還沒有名稱。」

三宮開懷大笑，新人演員也跟著一起笑。

「有那種工作嗎？是做什麼的啊？」

「想像的工作。」

女孩被逗笑了，放棄去想，安琪拉繼續舔著三宮的身體。

三宮就像登上珠穆朗瑪峰一樣。

＊＊＊＊＊＊＊＊＊＊

（11 月 4 日錄音紀錄 #1）

**車塔卡：**見了會長之後，三宮整個人都不一樣了。本來那傢伙不是會眉頭深鎖的個性，也沒有任何政治傾向，不過就是自以為是的對任何事情都冷嘲熱諷，想盡辦法對他人窮追猛打，就只是鑽漏洞而已……

**林商鎮：**不一樣了？

**車塔卡：**是的。

**林商鎮：**哪裡不一樣？

**車塔卡：**首先是話變少了，也不做其他事情。我們都是 Ilbe 常客，在 Ilbe 我們就是上傳一些有趣、白癡的話，也都不是真心認為金大中、盧武鉉是壞人，而全斗煥是偉大的總統。我們沒有那樣想過，不過是寫寫文章當笑話而已，因為有趣才這樣做，你知道的，挑戰社會禁忌本來就很有趣。就像用水炸彈攻擊那些抓昆蟲、肢解昆蟲的人一樣，簡單說就是沒有任何想法，那邊百分之九十五以上的人都跟我們一樣。

可是三宮卻開始認真相信自己說的話，說出口的話漸漸變得無趣，我跟 01 查 10 覺得有趣、笑得亂七八糟的時候，三宮在旁邊說「這些左派真的有問題，他們擋住國家的未來」一類的話，簡直搞壞氣氛。

**林商鎮：**三宮先生有說自己為什麼不一樣嗎？是跟老人見面的時候發生什麼事情嗎？

**車塔卡：**他自己說沒事，只說因為簽約金很大一筆，所以要好好做事不是嗎？如果做得好的話，我們就可以拿到那些錢，就這樣而已，雖然我們不太相信。

林商鎮：為什麼？

車塔卡：那個叫會長的人說的是要灌輸十幾歲青少年保守的想法，可是三宮居然做了很傻蛋的事情，三宮居然是以三十歲左右的女生、以及很小的小朋友為對象，那不就只是他自己想做的事情啊？

林商鎮：是做什麼事情？

車塔卡：製造假新聞。

林商鎮：假新聞？

車塔卡：是的。

林商鎮：是……？

車塔卡：三宮只要一想到，就會做幾則送到網路輿論媒體去，我們知道的時候做、我們不知道的時候也做，像是「研究顯示媽媽思維越進步、孩子的幸福指數越低」，或是「媽媽越強調保守價值，小孩的成績會越好」一類的新聞，因為三宮有把這些新聞給我們看，所以我們會知道。三宮一邊說：「要觸碰到人們害怕的部分才可以，恐懼跟罪惡感，一次要攻擊一百萬、兩百萬人的方法只有這個。」一邊把這些新聞報導拿給我們看。

林商鎮：等等，先等等！這些新聞都是假的？

車塔卡：對！什麼芬蘭赫爾辛基大學的研究結果，誰會真的去確認，看起來煞有其事不是嗎？真的就像是芬蘭做了這個研究一樣，畢竟沒有人懂芬蘭話。

林商鎮：就像真的有這件事情一樣，放上社群網路？

車塔卡：不是，真的有這則報導，可以在 Naver 新聞找到。

林商鎮：這怎麼可能？

車塔卡：有幾家小型網路報紙只要有錢就可以刊登，還不是用什麼暗

交易，只要進到他們網站首頁就能看到。有關刊登新聞的詢問，可以到哪邊洽詢的訊息，其實這些網路新聞，根本無法區分是新產品的廣告還是新聞報導的情況很多不是嗎？三宮做的這些假新聞就這樣一字不動的上傳，也不貴，大概三十萬左右。頂多就是根據那個網路新聞媒體有沒有上 Naver、這則新聞有沒有寫上「本則為廣告」、有沒有標註記者名字等等，價格會略為不同。

這些新聞上傳之後，如果即時檢索名次上升的話，那些網友就會自動自己轉載，只要內容有趣就沒問題，那些什麼媽媽越進步小孩越不幸福，還是什麼媽媽越保守孩子成績越高的內容就很有趣不是嗎？

接著再過段時間，這些新聞就會躍上大型媒體版面，其實這些媒體都有一組專做網路新聞的部門，這些部門只在乎即時點閱數跟流量，這樣才會有廣告商願意下廣告。所以舉凡話題性新聞，他們都會用，根本不會確認新聞來源，更不用說去探究這些新聞的真假。

然後你知道人們其實很有趣，那些新聞一旦上傳這些大型媒體的網路新聞之後，人們就會相信這是真的，會說網路新聞都報了，那肯定是真的。頂多只會說芬蘭科學家好奇怪，居然會做這種研究，而記者居然不知道這件事情，報社記者跟網路部門記者都不互相交流之類的，林記者知道這件事情嗎？

**林商鎮：**那個，我就是 K 網路新聞出身的。

**車塔卡：**啊……我很抱歉。

**林商鎮：**不！沒關係，總之是三宮自己一個人上傳那種新聞的對吧？那哪些事情有一起做呢？攻下十幾歲的孩子的事嗎？

**車塔卡：**「羅江活動」就是我們做的，您有聽過嗎？羅江活動？

**林商鎮：**真的？我有聽過，我表弟也因為那個活動，校服被撕毀，真

的是一團亂……

**車塔卡**：因為那件事情造成很多孩子受傷、死掉，我跟三宮因為這件事情吵得很兇。

**林商鎮**：哇！這真的是……我還以為這是什麼新成衣業者的行銷出問題，最終導致放棄。

**車塔卡**：那是我們做的。

**林商鎮**：這部分可以多說一點嗎？

**車塔卡**：喔！這說來話長，可以下次一起說嗎？在羅江活動之前，我們還有做一些事情，我先說這部分好嗎？

**林商鎮**：啊！沒關係，請照您想說的順序說。

**車塔卡**：剛剛我說，三宮他講「要觸碰到人們害怕的部分才可以」對吧？那傢伙成天說著十幾歲的孩子被進步團體的運動吸引，問我們知道那些十幾歲孩子最怕的是什麼，記者您覺得是什麼？

**林商鎮**：這個嘛？父母親反對？

**車塔卡**：根據三宮的說法是不能賺到錢以及不合群，原本十幾歲的孩子就最害怕跟其他人與眾不同，然後參與進步方的運動，真的不能賺到錢不是嗎？那種……，三宮說「進步陣營的運動不但賺不到錢又太過與眾不同」，因為他這樣說，我們就這樣策畫，這次沒有特別的作戰名稱，就只是方便地稱它為隱藏大作戰。

**林商鎮**：原來如此。

**車塔卡**：這次作戰的核心就是那些有名的部落格以及推特，那些屬於進步陣營的名人們，什麼運動家、電視評論家、文化評論家這種人，看漫畫的人文學者、哲學大嬸，或是那些以畢不了業的大姊姊為筆名的蝴蝶夫人，這些人會有演講或是讀書會一類的活動，去那些地方拍

下他們的影片。

**林商鎮：**影片？

**車塔卡：**對！那個時候就開始跟組長公司的人一起工作，他們有影片編輯專家，就是之前有跟您提過代理跟社員，他們專精這部分。不過他們不會去到現場，現場都是我或是 01 查 10 去的，還有我女朋友。

**林商鎮：**女朋友？

**車塔卡：**啊……對……，我女朋友長得跟申世景有點像，裝扮一下的話很漂亮，所以她會穿誇張、暴露的衣服，胸口還可以微微看到胸罩若隱若現，超級短的短裙，跟我一起去那些演講場合，這也是工作，是有拿錢的，我們會付給她錢。

**林商鎮：**然後呢？

**車塔卡：**一個跟申世景很像的女生，穿得那樣裸露，坐在第一排，任何人都會關注不是嗎？講師如果是男生的話，演講途中肯定會瞄一下瞄一下的，然後我們就節錄這段影片，編輯之後超好笑的，什麼黑格爾說什麼、老子又說了什麼，然後望向女生的雙腿……，真的是會令人想法改變的影片，就好像有人編劇拍攝一樣。

**林商鎮：**然後這樣影片就會流傳出去？

**車塔卡：**是的，我們不只拍這種影片，還有拍其他影片。

**林商鎮：**還有什麼？

**車塔卡：**演講即將結束的時候，我會提出問題，說什麼老師我實在是太尊敬您了，我夢想成為老師那樣的人。幾句謊言就可以讓那位講師飄飄然的，這個時候就單刀直入的問：「我好想像老師這樣，老師我可以知道您的年薪嗎？」那些講師一瞬間就會慘白一張臉，露出奇怪的微笑，然後就開始辯解說：「具體的數字不方便說，在韓國身為一

個作家其實很辛苦。」等說詞。這也讓影片變得相當有戲劇性，人們看了會呵呵大笑，因為那句「賺多少錢」而變色的那些人的臉龐。

**林商鎮：**那這些影片會跟剛剛說的那個看女生雙腿的影片一起？

**車塔卡：**對，這該怎麼說呢？人們會覺得骯髒、噁心，然後寒心，看到這些影片就會說，沒有比這些人更偽善了，沒有能力就不提了，嘴裡說著高尚的話，結果背地裡摸著女生的屁股，再加上賺不到錢的說法，完全掌握住孩子們的想法。

那些影片的威力真的超級大，連編輯影片的代理也都呵呵大笑，相當滿意，三宮認為那是他最棒的傑作，我跟 01 查 10 也笑到肚子痛到不行。那些影片被瘋狂地轉載，一篇篇標題為「電視評論家○○○的真相」、「文化評論家○○○的真相」、「看漫畫的人文學者○○○的真相」等等，或者是乾脆將這些影片集合起來，取名為「進步混蛋們的真相」，反應相當好！

**林商鎮：**哇！這肯定讓當事人非常困擾。

**車塔卡：**肯定的，不管怎樣，所有外部活動都會有點難以繼續。不過那些人不是我們的主要目標，我們的目標是那些十幾歲的孩子以及大學生，一旦不注意就會把那些名人當成偶像、模範的孩子們，可能會被那些人的想法影響的孩子。

這是三宮的說詞，三宮說要讓孩子們看到他們最害怕的事情，所以主張要讓他們看看一個不小心，那就會是他們未來的樣貌，「卑鄙的失敗者」的模樣，讓他們害怕變成那副模樣。我也同意，這不是單純看看那些講師好笑的影片，「要讓看我們影片的孩子們不相信那些講師的話，讓聽那些講師的話的孩子知道自己也可能會變成那個樣子。」三宮這樣說著。

# 第七章

大眾沒有想法

166

「有人說妳這是在釣我。」

01 查 10 這樣說道，他躺在惠利套房的床上。

「誰這樣說的啊？是哥哥你的朋友嗎？很親的朋友嗎？」

「嗯，很親，是我的好兄弟們……」

「就隨他們說吧！我不在乎，哥哥要不要喝這個？解毒果汁。」

廚房裡僅著內衣的女人，邊打開冰箱邊問。

「不！妳喝。」

「是因為惠利的關係嗎？」

「不！看起來不好喝。」

「什麼嘛！這很好喝，一瓶要一萬耶，不要就不給你喝！哼！」

女人用可愛的口吻，讓 01 查 10 有點心動，他稍稍起身問：「妳真的不是在釣我對吧？」

「哥哥你在說什麼啊？你是說我在人前釣你嗎？」

01 查 10 決定正面突破不躲避的說：「我就是他媽的不懂看人眼色的傢伙，完全不會看人啊！」

「很好，那我說明給哥哥你聽，先喝喝看解毒果汁……」

惠利手上拿著空瓶坐在床邊，將果汁塗在嘴唇上突擊式的說：「好！那就當成我是在釣哥哥你好了，如果我真的是這樣，那怎麼會把哥哥你帶回我的套房？還沒有化妝？」

「喔……不！」

「我不化妝也很漂亮沒錯，但如果我要釣你的話，肯定會化妝的，還有，怎麼可能大白天跟你見面啦！一定會吊你胃口，不會輕易跟你見面啊！再來，哥哥還不到我的釣魚名單啊！哥哥衣服是名牌嗎？還是有戴名牌手錶？有車嗎？而且說真的，我只要下定決心的

話，現在也可以飛到願意幫我贖身的男人身旁，可是哥哥你不是啊！我是個說什麼就是什麼的人，如果我突然中了彩券的話，會買手錶給哥哥的。」

　　惠利的說明相當有邏輯，01 查 10 點點頭，惠利叼起菸，01 查 10 幫她點火。

　　「喝了這麼貴的果汁之後，這是在做什麼！都是哥哥的錯！哥哥你要負責！」

　　01 查 10 嘻嘻笑了起來，同時為自己點上菸，不久之後他又開口問：「那為什麼不讓贖身？」

　　「啊？」

　　「叫男人幫妳贖身啊！」

　　「唉唷……哥哥為什麼從剛剛開始就一直這樣說話啊！吼！可以幫我還債的人都是有錢人不是嗎？不是年紀大的就是已經結婚的，年輕又有錢的男人，沒事怎麼會願意跟酒店出身的女人交往？可是年紀大的、有啤酒肚的大叔就算幫我贖身，也是把我放在家裡不管我，我哪受得了啊！反正一樣是賣身，我還不如待在酒店，又可以喝酒，又可以認識不同人。」

　　「妳真的很有邏輯，很好，我喜歡。」

　　01 查 10 怕菸灰會掉到床上，所以小心翼翼地換邊躺，一邊順手抱起惠利。

　　「對吧！呵呵！」

　　惠利笑了，但還是有很多重要的問題。

　　「可是，妳為什麼要跟我見面？我完全沒有支援妳金錢的能力啊！」

「我覺得哥哥你是個奇人，我喜歡！」

「奇人？」

「對！哥哥留鬍子吧！感覺會很帥！」

惠利摸了摸 01 查 10 的臉頰，然後 01 查 10 開始好奇起其他的事。

「妳是欠了多少錢？」

「四千萬。」

「什麼，那又不是多大的數字。」01 查 10 心裡這樣想著。


「請問要找些什麼呢？」

「請隨意逛！」

只要有人經過商店門口，就會有人這樣喊著，車塔卡總覺得像是走在娼寮的街道上。

他們在 Techno Mart 的六樓，商家零零落落的，電子產品、電腦的店家還沒有全部進駐，賣場到處都是空空蕩蕩的攤位，只有手機店家相對人潮多了點，通訊行店員個個都一副「我這裡免錢」的樣子等著客人，大約有二十幾位客人，如果這樣可以說是「人潮」的話。

車塔卡跟智允、智允的朋友，無法繼續前進，車塔卡代替女生提問：「請問這裡分期手機的價格是多少？」

然後他掠過聽到這個問題之後就皺起眉頭的店家。

「啊！原來有這種訣竅啊！果真跟哥哥來是對的！」

智允跟拉著車塔卡的手臂說著。

「真的很討厭這群賣手機的，真的根本就是人間垃圾！」

智允的朋友這樣說，「真的」兩個字是她的慣用語，車塔卡很想說：「皮條客就沒關係，賣手機就有關係？」但並沒有說出口。

「就是說啊！為什麼價格不能公開透明，不要特別給什麼優惠也可以，全部定價不行嗎？幹嘛要弄得這樣複雜啊？」

智允這樣問著車塔卡。

「當然是為了敲詐客人啊！他們都想從電信公司拿到回扣啊！」

車塔卡盡可能裝懂的說明，事實上他並不清楚原因，但肯定是有原因的。那群不良份子不只聚集在電信公司的代理店或是手機販賣店，可是這個問題被擱置的原因到底是什麼？政策改成「現在開始用定價賣」有那麼難嗎？只要有一、兩家可以定價賣也不行嗎？總是會有人不想被騙，想去以定價賣的店買啊！

智允一副疑問未解的模樣。

「什麼嘛……那為什麼一開始要弄出什麼回扣、優惠折扣，這種複雜的東西啊！」

「這間店看起來不錯，進去看看？」

這不是隨便說的，事實上，賣場內人人都可以看到不同的宣傳單，文案中寫著：「有夢的人才能夢想成真。」

「這裡的分期價格是多少？」

看起來一臉單純的工讀生，慌張的說出價格，智允眼睛睜得大大的，好像相信車塔卡憑藉銳利的觀察力，選出一間說實話的店家。

就在智允朋友聽著店員說明的期間，車塔卡一臉呆滯的看著店家的宣傳文案，「有夢的人才能夢想成真」，一開始他確實是被這文案吸引，看著看著卻出現了想反駁的想法。但這句話的意思相當明確，無法反駁，而三宮那混小子最近也在說什麼要找出自己的夢想。

智允在店內逛著逛著，突然被一隻粉紅色最新的手機吸引，她不停地玩著那支手機。

　　智允的朋友正在選手機，車塔卡給了建議，感覺不錯，在她填寫簽約書時，智允依然被那支粉紅色手機吸引著，不肯放下手機。

　　「想買？」

　　車塔卡詢問。

　　「那隻是熱賣商品，目前已經銷售一空了。」

　　店員插話說著。

　　「賣手機的人只要一張嘴就是謊話。」

　　車塔卡心裡這樣想。

　　「不！哥哥……我的手機還有約在。」

　　「我們可以幫您給付違約金。」

　　店員再次插話說著。

　　「剩幾個月？」

　　「五個月。」

　　「那應該還好，就買個新的吧！我買給妳！」

　　年輕店員瞬間露出開心的眼神，而智允以驚訝的眼神看著車塔卡說：「不！沒關係，我不要買。」

　　店員的表情瞬間暗了下來。

　　「就買吧！」

　　車塔卡這樣勸說，在智允還沒有反應過來之前就先問店員：「老闆，這個多少？」

　　粉紅色手機的價格超過一百萬，車塔卡用信用卡一次付清，智允笑笑的拉住車塔卡的手臂說：「可是哥哥，我現在有點狀況，沒辦法用我的銀行帳號轉帳……可以先用哥哥的名義開通嗎？我每個月再把錢給哥哥。」

「好。」

車塔卡很爽快的允諾,跟申世景很像的智允帶著一半抱歉一半感動的表情拉住車塔卡的手。

「哇!沒有男友的我,只能很孤單地買手機,真的是!」

智允的朋友突然冒出這句話,大發一筆的年輕店員笑了出來,又快速閉上嘴。

就在車塔卡填寫簽約書時,智允的朋友用手機 kakaotalk 傳訊息給智允。

「看來這個男人不行,是小心翼翼的那種人,我先走了。」

「同感,回家小心。」

「她怎麼突然要先走?」智允的朋友一走出店家就揮手說掰掰,車塔卡一臉疑惑的詢問智允。

「我叫她先走的。」

「為什麼?」

「我想哥哥兩個人一起吃晚餐啊!」

智允拉起車塔卡的手臂,帶著車塔卡往樓上的美食街前進,美食街比手機店那一層還要人煙稀少,沒有一間是有品牌的餐廳,幾乎都是過氣的品牌餐廳,或是地區客運站可以看到的無名店家,連吐司店家跟辣炒年糕的店家都可以進駐,可見這裡的租金並不貴,當他們經過那些店家,賣吐司的大嬸就以期盼的眼神看著他們。

「到底在韓國要賣什麼才能賺到錢？」

帶著老虎人偶面具的人在賣場走道到處走動，跟來往行人玩剪刀石頭布的遊戲，他手中拿著一塊招牌，招牌上寫著若是跟老虎剪刀石頭布的話，就可以拿到那一層美食街的折價券，應該是老闆們為了留住客人而使出的招數。

這一層沒有很多人，所以老虎人偶只要看到行人就會跑過去，先是跳個舞，然後開始猜拳。但看起來像是老虎人偶非常積極，被他抓住的人們反而不太情願的樣子，光看這情況都覺得很抱歉。

「也是，周邊的餐廳主人應該都是老闆本人，所以他們沒有理由偷懶。」

他們避開那個人偶，逛了美食街好幾圈，沒有令他們滿意的餐廳，所以他們就走進日式炸豬排的店家。

「我付錢，哥哥就點你喜歡的餐吧！」智允說。

車塔卡不認為她會每個月轉帳電話費給他，不過是用一百多萬的手機費用跟兩年份的手機月租費用，換一頓炸豬排吧！所以他選了最貴的炸里脊排。

「我們也點酒吧！」

女生這樣說道，點了兩杯生啤酒。

「妳也喝太多酒了吧！工作的時候也喝不是嗎？」

車塔卡有點指責的說。

「沒關係的，這是跟哥哥一起喝的。」

「再這樣下去會傷身的。」

「不會，沒關係了，我有吃藥。」

「藥？什麼藥？」

車塔卡嚇到叫了出來。

「哎唷……不是奇怪的藥，就是醒酒藥，那藥就是維他命啊……或者去醫院打一針，那一針也是維他命，不會累積在身體裡的。」

智允邊說邊舉起啤酒杯，車塔卡跟智允互敲了敲杯子，但是他內心依然不平靜的說：「不過小便會變黃。」

智允嘻嘻笑著。

「妳可以不去酒店上班嗎？」

邊磨著芝麻顆粒之際，車塔卡終於說出這句話，不過更像是車塔卡自言自語一般，只是智允聽到了。

「那我要做什麼？去食堂打工？還是什麼超市工讀生？」

「妳沒有什麼未來想做的事情嗎？反正這個工作也不可能做長久。」車塔卡繼續問道。

「這個嘛……不知道，網路商店？我還可以當模特兒……，哥哥不是網路高手嗎？我開好商城之後，可以幫我做個網站嗎？」

車塔卡思索著要回答：「當然，我會幫妳做，還會幫妳宣傳的。」還是「妳以為只要喜歡衣服，就可以開網路商城嗎？」稍微猶豫一下之後，他選擇前者。

「啊！只要存一億就可以結束這種生活，開個網路商城了。」

女孩這樣說。

在女孩結帳的時候，車塔卡去了一趟廁所，他正在撒尿時，那個老虎人偶走了進來，車塔卡一開始還想著：「媽的！居然追到廁所來！」但他發現他誤會了。

在老虎人偶面具之下，是一個頭髮全濕，跟車塔卡看似同年齡的年輕人，一個長滿青春痘的青年，那位青年把老虎人偶面具放在地

上，就著洗手檯沖著頭髮、洗著臉，看起來他相當口渴，還喝了好幾口水，汗味四溢。

車塔卡想著自己可不可以穿戴老虎人偶裝跳舞、賺錢，不過他知道自己不想，就跟智允不想在餐廳或是超市打工一樣。

車塔卡在老虎人偶旁邊洗手，兩個年輕人極力地想要忽略對方的存在。

＊＊＊＊＊＊＊＊＊＊＊＊

（11 月 5 日錄音紀錄 #1）

**林商鎮：**現在請說說羅江活動。

**車塔卡：**好的，羅江活動。

**林商鎮：**那是怎麼開始的？合包會給你們的設計藍圖嗎？

**車塔卡：**沒有，他們不會。頂多只有在討論階段，那幾個組長公司的人，也就是代理跟社員兩個人會一起參與，就這樣而已。但是那兩個人從來沒有說半句話，也沒有提出任何提議，羅江活動單純是我們的主意。

**林商鎮：**全部？

**車塔卡：**是的，全部，嗯……不過嘛，你這樣一問，讓我覺得有點奇怪……。跟李哲秀聯絡的人是三宮，當出現一些提案的時候，他肯定有先問過李哲秀，獲得一些回饋或是想法。你知道的，三宮那個人，就算是從李哲秀那邊聽到的，也會說的像是自己想到的，所以我也不確定。

**林商鎮：**知道了。

**車塔卡：**是的，總之一開始是我們的想法，我們確認幾項原則後，就開始作業。

**林商鎮：**什麼原則？

**車塔卡：**選定一個訊息當成標語，那個口號必須是十幾歲小孩可以接受的，什麼抓住從北左派這種，孩子肯定不會接受，而且這些訊息一定要帶有某些意境才可以。

舉例來說，若是要傳達「耐吉（NIKE）的產品好帥」時，要說

「Just Do It！」，或是要傳達「愛迪達（ADIDAS）很帥」時，是說「Impossible is nothing（沒有不可能）」，這些口號必須帥氣，一定要是那種一聽到，就會燃燒起心中熱情。想要達成這個目的，就必須知道最近的孩子在想什麼。

耐吉女性品牌的口號是什麼您知道嗎？「我在這裡！」聽起來不像是女生會感興趣的口號。要選擇一個可以一點一滴晃動人們內心的口號，所以我們必須不斷思考十幾歲孩子喜歡的話語，或者是他們平常覺得自卑的部分。

**林商鎮**：所以想出來的是「我強大、不怪任何人」嗎？

**車塔卡**：最先出爐的是「我強大」，而「不怪任何人」是之後補上的。

**林商鎮**：怎麼做的？是對十幾歲的孩子做調查嗎？

**車塔卡**：就是我們自己，嗯……我們每回跟客戶簡報時，都會說這是我們針對十幾歲孩子的調查，什麼針對百位十幾歲孩子調查之類的，那都是騙他們的。就是我們自己想的，有人說「我強大，如何？」的話，就會有人說「喔喔喔……不錯喔！」這樣。

**林商鎮**：這也是三宮先生想的？

**車塔卡**：不！是我先講的，「不怪任何人」是三宮加的，我覺得這就是韓國十幾歲孩子的自卑感，因為他們無法脫離父母懷抱，只能乖乖聽父母的話，就算想獨立也無法獨立。

另一方面，他們冷靜思索後會發現，以目前的年紀，離開家裡不去上學的話，人生會就此毀壞，所以他們會乖乖聽父母的話去上學，只是內心會很憂鬱，不過青春期不就是這樣嗎？他們會想，這樣就真的可以一生順遂嗎？只能照父母所擇訂的路線過一生嗎？我想每一個國家都會有這種情況，但是韓國特別嚴重不是嗎？十幾歲的孩子都很清

楚，就是這樣。

**林商鎮：**我也是這樣想的。

**車塔卡：**所以這群孩子認為「雖然我的身體已經長大了，但卻和那些離不開媽媽懷抱的孩子一樣。」對於這樣的孩子，「我強大」這個口號就相當有魅力，那麼，強大是什麼呢？該如何證明我強大呢？讓十幾歲的孩子願意跟隨，又可以讓人知道自己很強大的方式是什麼呢？那就是「不怪任何人」。

不論我承受何種辛苦與沒有獲益的事情，不要怪任何人，因為我很強大。或者是倒過來說，不怪任何人，我就會變強大，或是怪任何人的人，就是懦弱的人。

我們先做出那個口號，再為這個口號加上訊息傳達內容，不過這很符合情境不是嗎？進步陣營受到最大的批評不都是「每天都在怪別人」嗎？在我們的計畫中，那些人都很屌弱、陳腐，在軍隊會出現槍枝問題、變態會被殺，所以怪罪社會架構，怪罪教育問題，什麼親日派把國家弄成這樣的進步陣營的言論。所以羅江活動就是要讓「我強大、不怪任何人」的意識深植孩子的心，才能讓進步陣營的思考方式式微，畢竟那個年紀的孩子最怕的就是看起來很弱。

**林商鎮：**真的是全身雞皮疙瘩，羅江活動居然是想傳遞那樣的訊息。

**車塔卡：**發現我們是這樣傳遞訊息的，心情覺得有點異樣吧！不過到此為止都是好的。

**林商鎮：**到此為止？

**車塔卡：**對，接下來我跟三宮想法就不太一樣了，從要不要做病毒影片開始。

**林商鎮：**請說。

**車塔卡**：可以拍一部愚昧耍酷的影片，這部分我們都同意，也都同意要拍出對於耍酷稍嫌生疏的影片，要看起來像十幾歲的孩子拍的影片一樣，就是那種無知耍酷，接下來在主角走到末路之際，出現「我強大！我不怪任何人！」，就像耐吉廣告一樣。

**林商鎮**：為什麼想要做影片呢？之前不都只是文字策略嗎？

**車塔卡**：我們有進行調查，國高中生最流行的是什麼，您知道小學生羽絨衣遊戲嗎？

**林商鎮**：第一次聽到這個名詞。

**車塔卡**：情侶遊戲或是年糕舞？

**林商鎮**：那個也不知道……小學生羽絨衣遊戲，該不會是小學生們穿著羽絨衣玩的遊戲吧？

**車塔卡**：不是，是彎著腰，將羽絨衣的帽子包住屁股，然後從後方拍攝，看起來會像一個四等身的人，穿著羽絨衣步履蹣跚地走路[20]。

**林商鎮**：然後呢？

**車塔卡**：就這樣，然後幾個人一起做，把這些拍成影片拿來笑，好笑又可憐，您知道屍體遊戲嗎？

**林商鎮**：這我知道，就是像屍體一樣的躺在地上對吧？

**車塔卡**：躺在路上、趴在書桌上，或身體對折掛在欄杆上……，也都是幾個人一起做出這類奇怪的姿勢，然後拍成照片，諸如此類的。

**林商鎮**：原來如此啊！這些都是相似的概念，屍體遊戲跟小學生羽絨衣遊戲。

**車塔卡**：我們觀察之後，發現十幾歲跟二十幾歲的文化不同，首先是他們沒有錢，他們沒有到咖啡廳點杯咖啡的能耐，所以雇用他們不用

註 20：請參考下列影片：https://www.YouTube.com/watch?v=ec3dj1at8Dg

花太多錢。也不會只在網路上說什麼或做什麼,他們每天都會出現在學校,所以那些要親自做的、許多人一起做的、要出力、危險的,但是不用錢的那一種,比較多人喜愛。加上這些孩子都有智慧型手機、電腦,沒有錢也可以拍照、拍影片、編輯影片,這些都不用花錢不是嗎?所以這群孩子比較不愛文字訊息,更愛動態訊息,像是 Lip Dub 影片一類的。

**林商鎮:** Lip Dub 影片又是什麼?

**車塔卡:** 就是轉開音樂,然後搭配置入一些符合情境的即時音樂錄影帶,就像那個 PSY《江南 style》一出名之後,人們都模仿騎馬舞,用智慧型手機拍一些業餘音樂影片一樣。

**林商鎮:** 就像釜山 style、女高生 style、教會 style……這些影片嗎?

**車塔卡:** 對!就是那樣,其他歌曲也有許多這一類影片,不用花一毛錢,只要有智慧型手機就都可以做到,拍好了之後可以跟別人炫耀。不過 Lip Dub 目前有一點退流行了,現在的十幾歲小孩該怎麼說呢?喜歡更短的,一首歌從頭到尾都是同一個影片很無聊,您有聽過「耳後甩頭髮舞[註21]」嗎?

**林商鎮:** 唉唷……這又是什麼?

**車塔卡:** 這是某個女子團體自創的舞蹈,但沒紅,卻在女高中生中相當流行。尋找關鍵字「耳後甩頭髮舞」就可以看到許多女高中生在教室裡邊跳邊玩的影片,擷取原曲的一部分搭配舞蹈,所以影片時間都很短,頂多就是三十秒左右,年糕舞也是這樣,這原本是地方開始的,最後流傳到全國。

剛剛有提到情侶遊戲對吧?這是今年年初起流行在十幾歲孩子的遊

註21:請參考下列影片:https://www.YouTube.com/watch?v=JniRLl4L9JI

戲，男女學生正面相對，女生彎腰將頭放進男生的胯下，接著女生的雙手也從自己的胯下向後伸長，然後男生抓住女生的手向上翻，這樣女生的身體就會翻轉一百八十度，雙腳會纏繞在男生的腰間，兩人的臉就會相對親吻[註22]。

**林商鎮：**這個光用聽的感覺不出有什麼好玩的，這……我等等找影片來看。

**車塔卡：**這其實是旁人覺得有趣，做的人不會覺得有趣的事情，而且是危險的行為，可以關鍵字檢索看看，失敗的影片也很多，女生可能會摔到地上，一個不小心也會頭著地受重傷，但是他們覺得無所謂。更有趣的是，這是從中國傳來的，這樣看來，十幾歲的孩子還頗國際化的。

還有和屍體遊戲相似的自言自語遊戲，拍攝幾個人模仿羅丹的沉思者，一起擺出縮著脖子的姿勢，把拳頭放在額頭處，作出嚴肅的表情的照片，這是從美國來的。男女一起拍情侶照，然後互換衣服，接著擺出跟之前一樣的姿勢再拍一張，這是加拿大來的。

**林商鎮：**這些遊戲都是透過網路瘋傳的，也都沒有國界的問題。

**車塔卡：**是的，這種病毒影片傳遞相當快速，只要帥氣、有趣就行。我們一開始覺得那些外國青少年流行的內容，不見得符合我們想要的內容。但意外的發現自言自語遊戲或是小學生羽絨衣遊戲等等，符合我們想要的內容意境，因為那種影片很好笑。我們真的是找對了，我們找到一個危險的遊戲，就像「玩命單槓」一類的。

**林商鎮：**玩命單槓？

**車塔卡：**就是抓住高樓層的欄杆，然後做出拉單槓的動作。有個美國

註22：請參考下列影片：https://www.YouTube.com/watch?v=G07cBppI8_g

小孩將這個影片上傳至 YouTube，不久之後，這個行為擴散到全世界的青少年之間。我們韓國也有幾個孩子，因為追隨這個行為而喪失生命，也有人唆使一些被排擠霸凌的孩子去做。

俄羅斯的孩子是流行倒臥鐵道，讓火車從身體上方通過，這些行為被拍成影片上傳到 YouTube；印度則是流行站在火車上，稱為「火車衝浪（Train Surfing）」；美國孩子之間流行「運動殺人（Sport Killing）」，是拿著球棒打街友，雖然這種行為怎麼想都不對，但我們眼裡看到的是這也是美國青少年的流行行為。還有點燃打火機吹火焰，因為是藉由液化丁烷蒸發而點燃的關係，所以不會燒到自己，這在男孩之間相當具有人氣。

**林商鎮：**我的天啊……

**車塔卡：**幾十年前的年輕小夥子不也流行過那個詹姆斯迪恩的電影《膽小鬼博弈（The game of chicken）》遊戲，就跟那個差不多咩……

**林商鎮：**所以之後有選到自由奔跑（FreeRunning） [註23]、打男人的方法，還有清理衣服品牌、拍腋毛、撕校服等等？

**車塔卡：**拍腋毛跟撕校服不是，那是自然而然出現的延續情況。

---

註 23：此處的自由奔跑（FreeRunning），與 parkour、yamakasi 都是指中文的跑酷。

＊＊＊＊＊＊＊＊＊＊＊＊

「全場都是誇張的爛泥，這是什麼開幕球場？」

「這統統都要寫上去維基條目裡吧？」

三宮與 01 查 10 邊喝啤酒邊說著。

他們三人在木洞棒球場，與跑酷團體的八位青少年成員，以及他們最近結交的女朋友三位，總共十四位，一同進行類似團體團結宣誓大會。

比賽正式開始，他們支持的球隊第一局就丟了三分，第二局又狂丟八分，第三局本來有得分的機會，但攻勢瓦解於雙殺打，對手反而全員寫下安打的紀錄。

「今天真的是被幹爆了。」

在智允面前忍住不說髒話的車塔卡，最終還是爆炸了。

「不要這樣，這樣的比賽很有趣不是嗎？」

智允露出不悅的表情說著，她從剛開始跟球迷的行為就不太一樣，大家嘆息時她歡呼，他們這一隊球員受傷時，她卻呵呵大笑，不知道是不懂棒球，還是根本就是醉了。

阿爾萊的三位成員居然帶酒店認識的女人來球場，而知道這三個女的都是酒店女的只有車塔卡。01 查 10 很認真的講解規則給惠利聽，沙龍酒店女出身的惠利看起來一點都沒有興趣，車塔卡可以確定女方的想法，但是 01 查 10 卻渾然不覺。

開始留起鬍子的 01 查 10，讓人看得很不舒服，01 查 10 跟惠利帶著情侶手錶，是車塔卡不懂的名牌手錶。不過關於花錢這件事情，車塔卡也沒啥好說的，畢竟他也買了進口車：寶獅（Peugeot）307。

「便宜買到的啊！誰會想到這輛車花不到兩千萬，其實很划算的。」

車塔卡眼中的三宮情侶很恩愛，女的親自包了紫菜飯捲，還親手餵食。那是他們第一次去酒店時，01 查 10 的女伴，在陽光下看起來真的可以叫阿姨，車塔卡不知道三宮是真的喜歡那個年紀的女人，還是單純找來嘿咻用的。

三宮漸漸的失去耐心，因為拍影片的問題，他跟跑酷成員吵了一架，為了和解才一起來到球場，但現在有種失控的感覺，因為比賽內容實在太誇張了。五局之後觀眾漸漸離場，按他的脾氣早就該離場了，但是這樣會自尊心受創，畢竟他不知道還能帶著還是高中生的跑酷成員去哪邊。

三宮跟跑酷成員的吵架理由是名稱問題，三宮認為 Parkour 這個用語不如 yamakasi 有名，所以要用 yamakasi 為標題，但是少年們很生氣地說，yamakasi 是 Parkour 電影中法國隊的名稱而已。最後是車塔卡居中協調，才選定「FreeRunning」這個名稱，但不論是三宮還是跑酷少年們，都不滿意這個名稱。

少年個個都火冒三丈的瞪著阿爾萊的成員，但是 01 查 10 完全沒有意識到，車塔卡甚至於還覺得他們盯著自己那位長得像申世景的女朋友，三宮則是一副覺得這些少年不喜歡看比賽，以眼神詢問著要不要離開，忍著忍著就忍不住開口釘那些少年。

「是在看什麼啦？有什麼話就說！我們不過是一起工作的關係而已，不要用那種態度做事！」

然後看似頭頭的一位少年猶豫地開口問：「那個……可以給我們一人一杯啤酒嗎？」

　　意料之外的請求，讓三宮的怒火瞬間消滅，他大笑了出來，準備給他們紙杯，並向車塔卡使眼色，好似是詢問「如何？」車塔卡聳了聳肩，此時中堅手漏接一個再平凡不過的球，引起觀眾的噓聲，三宮卻因此想到一個主意。

　　「好！但有一個條件。」他手裡拿著紙杯跟罐裝啤酒說道。

　　「名稱要改成 yamakasi ？」少年用不耐煩的口氣反問。

　　「不！這話題已經結束了。」

　　「那不然呢？」

　　「我們現在要玩波浪舞，你們要延續波浪舞的話，那邊空位要有兩個人過去坐。」

　　跑酷的頭頭回頭看向他們自己人，看起來有人覺得波浪舞不好玩的樣子，但也是一副沒辦法的樣子，少年都聳聳肩。

　　「是嘛！」

　　最外側的 01 查 10 跟惠利舉起手站起來，然後換車塔卡跟智允，三宮情侶檔也接著這樣做，最後是少年們開心地歡呼著，這個波浪舞有點弱。

　　「再一次，這次要好好做。」

　　三宮說著，不久前他還帶著疑惑的心情想：「可能嗎？」不過這一次阿爾萊的成員都帶著愉快的心情吶喊做波浪舞，這次成功了。波浪舞延續了半場，狂失分的那一隊的球迷，也掀起另一波遊戲。

　　遠處的觀眾席上有點不滿，但是阿爾萊成員跟跑酷成員都很開心的哈哈大笑，三宮依約遞給少年們啤酒，這些長滿青春痘的少年們開心的喝著。

　　「再一次？」

看著少年一瞬間就把啤酒喝完，三宮再度提議，少年們個個表現出「當然」的表情，車塔卡要起身去買啤酒。

「多買一點。」智允開口拜託車塔卡。

「妳給我喝少一點！」

「什麼嘛……你是誰，幹嘛管我喝不喝啊？」

智允發火了，但車塔卡看不出來她是真的生氣還是假裝的，「是過於沉浸在網路上，所以跟 01 查 10 一樣不懂人們的表情了嗎？」車塔卡想著。

車塔卡去球場賣場買了一袋啤酒，在回去觀眾席的走道上，看到智允走出來，不知道跟誰在講電話，不過他聽到智允說：「唉唷……哥哥……」看似是在跟電話那頭的人撒嬌。

車塔卡站在她前面等著，智允發現車塔卡之後，表情出現些微的變化，她對著電話那頭說：「好，掰掰！」然後就掛上電話。

「誰？」

「什麼？」

「電話那頭的人。」

「一個認識的哥哥。」

女孩說完就一溜煙的跑回座位區，車塔卡完全沒有回應的機會，回到位置上後，已經攻守交替完成，投手認真的投球，打者認真地揮空棒，三球三振，噓聲四起。

「他媽的，這是棒球嗎？」

不知道是誰站了起來怒吼，有幾個人則是鼓掌激勵著。

「大哥，我們再玩一次好不好？那個？」

跑酷少年對三宮提議，看來是想喝啤酒的樣子。

「好啊！」

三宮從袋子裡拿出啤酒，很爽快地同意。

不管目前場中究竟唱什麼加油歌曲，他們又帶動了一次波浪舞，其中一位跑酷少年脫掉上衣之後，捲起那件上衣拋向天空，場中球迷跟著歡呼，那個狂丟分的隊伍，根本不需要跟著唱加油歌，幾位球迷被帶動起情緒來。

「哇！好好玩！」

01 查 10 起身吶喊著：「噢耶！」

智允也站了起來，跳起性感的舞蹈，跑酷少年看起來更開心。

「不要這樣，這樣看起來很廉價！」

車塔卡把智允拉回座位上。

三宮繼續讓少年們喝酒、玩波浪舞，有人開始脫口而出：「不要這樣！」但有些球迷開心的繼續玩波浪舞或是脫下襪子朝天空丟。球隊守備的時候，阿爾萊與跑酷少年玩起波浪舞，喝醉的少年們開始自發性的主導波浪舞，遠處球迷開始出現不滿的聲音，但觀眾席上一片瘋狂。

「剛剛那個男的是誰？」車塔卡問智允。

「我去一下洗手間，喝太多了。」

智允沒有回應車塔卡就溜走，瞬間留下空蕩蕩的座位，看著好似酒醉的智允跌跌撞撞走出座位區的當下，車塔卡起身追了出去。

「妳這人，剛剛那個人到底是誰？」

「你不認識的人！」

「那男的也是你的客人？是常客？」

車塔卡的話讓智允嗤之以鼻的笑了出來。

「你給我讓開，我要去廁所！」

「說完再去，認識的哥哥是誰？妳跟所有認識的哥哥都是那樣撒嬌說話的嗎？」

車塔卡一把抓住要避開自己去廁所的智允的手臂。

「放開我！幹嘛不放開我？」

車塔卡怒瞪著智允，緊緊抓住智允的手臂不放，然後智允冷不防地打了車塔卡臉頰一下，讓車塔卡一時呆住，原本緊抓的手猛然放開，智允順勢掙脫之後，不是往廁所前進，而是往離場方向走。

「妳這女人，妳要去哪？還不給我站住！」

智允開始跑了起來，車塔卡跑到停車場前才追上智允，他叫了出聲，卻看到智允肩膀顫抖，車塔卡走向智允。

智允淚眼汪汪的，而車塔卡遲疑著走向她，伸手想要為她拭淚，但是智允把他的手揮開，車塔卡不知道該怎麼辦，只能呆呆的站著。

「對酒店出身的我是有什麼期待啊？你！」

智允這樣問著，她的妝都花掉了，車塔卡沒有回應，智允再次丟出同一個問題，這一次深深刺痛了車塔卡的心。

「你說啊！對酒店出身的我，你是能有什麼期待啊？你說啊！」

智允不停地敲打車塔卡的頭跟胸口，遠遠經過的行人都膽顫心驚的望著他們。

「你是有買房子給我呢？還是買了車給我啊？你為我做了什麼要讓我變成這樣？你說啊！」

車塔卡承受著智允的攻擊，突然將智允抱入懷中，而智允持續敲打著他的背跟頭。突然，她像孩子般地笑了起來。

「我去廁所一趟。」

終於找回鎮定的智允這樣說，她走向球場外的廁所，車塔卡狂抽著菸。智允過了段時間都沒有出來，車塔卡考慮著要不要到女生化妝室去找她。

智允洗了洗臉出來，只擦了唇膏的模樣看來更動人，智允沒有看車塔卡一眼便要走了。

「等等！」

車塔卡出聲叫住她，然後急忙地跪在地上，頭低到都快要碰到地面了。

「對不起，請原諒我一次，是我錯了！」

「哈！」

智允一臉不可置信地笑了出來，不過她總算是肯轉身正視他，然後停了下來。

「原諒我說出這種混蛋話，真的很對不起，我一定是瘋了，突然出現嫉妒心才會這樣，我跪下跟妳說對不起，可以原諒我一次嗎？」

「你知道你錯在哪裡嗎？」

智允留在原地問。

「知道。」

「你做錯什麼？」

「對妳發火、對妳說髒話……，沒能為妳做什麼卻句句指責妳，說妳去酒店上班……」

說到這裡突然一陣心痛，車塔卡的眼眶泛紅，趴下來哭。

「啊啊啊啊！我真的！媽的！」

智允罵起髒話來，不知道該怎麼辦，只能用高跟鞋踢著趴在地上的車塔卡，讓車塔卡翻身，智允彎下腰繼續拍打著他。她再次哭了起

來，車塔卡把智允抱進懷中。

「對不起，對不起。」

「你下次再這樣我就不原諒你了，我剛剛真的要走你知道嗎？」智允哭著說。

「我知道。」車塔卡抱緊智允的手力道加重，他可以感覺到智允的憤怒已經漸漸消失。

他們倆就這樣坐在停車場的地上抽著菸。

「我想喝酒。」智允說。

「去附近的酒館？」

「去喝燒酒吧！我剛剛尿了很多。」車塔卡點點頭，接著深呼吸了一下，說出他一直不敢提及的話題。

「要不要一起去中國？搭船去？」

「你說什麼？」智允擺出怪異的表情回問。

「我有一筆錢會進來，但代價是要躲避一段時間，大概一年左右。」車塔卡回答。

＊＊＊＊＊＊＊＊＊＊＊＊＊

（11 月 5 日錄音紀錄 # 2）

**車塔卡：**決定自由奔跑這個素材之後，我們就叫那些愛跑酷的孩子過來，但我們一看到他們，就馬上明白不能跟那些孩子一起做事。

**林商鎮：**為什麼？

**車塔卡：**一看就知道他們根本就不正常，一個孩子手臂斷了，另一個斷了牙齒，可他們居然一點不覺得痛，還在那邊嘻嘻鬧鬧的，完全不聽我們說話。明明韓國有正式的跑酷團體，也有相關的聯合會，可是三宮卻不是找那些人。

**林商鎮：**就是一種地下團體？

**車塔卡：**對！他們是自己看 YouTube 自學的，可是三宮說這些孩子比較好，才有野性！

**林商鎮：**不透過與正式的跑酷團體合作拍攝影片的原因是？

**車塔卡：**那些團體不會一味的勸進跑酷活動，他們會仔細說明，避免出現受傷的可能性，十分強調事前的暖身運動等等。但對我們來說，這些不是重點，我們就是要隨意為之。

**林商鎮：**嗯……

**車塔卡：**畢竟我們一開始就沒有想要做什麼教自由奔跑的影片，我們只需要影片標題為「十秒學會爬牆飛的方法」，或是「煮泡麵的時間學會空中飛」，我們也知道這樣當然不可能學會跑酷，我們本來就沒這樣想。只要影片看起來很帥、能引起轟動帶動風潮，就夠了，我們要的只是這部影片可以引起病毒式傳播的想法，像是「哇！這太酷了！我也可以吧？根本不需要什麼裝備……」

然後拍這部影片的孩子，最後對著鏡頭說：「我強大、不怪任何人。」就好了，現在許多人都覺得那句話是什麼 yamakasi 的標語，或是拍攝那部影片的跑酷成員所屬團體的口號。

總之他們拍了這部影片，當然，我們知道所有的自由奔跑都有危險，可是不知道會這樣危險，一個不小心是會送命的，也可能會讓頸椎受傷，這樣看來還不如倒臥在火車之下，還比較安全。拍了幾次之後，我說：「我覺得這樣不行，我們找其他的題材……」

**林商鎮**：三宮先生反對？

**車塔卡**：對。

# 第八章

輿論必須掌握在國家手裡

　　第一次走進局長室，雖然心理做足了準備，但還是感到很害怕，各個部門的部長，以及被暱稱為「警局派」的案件專門小組也在場。

　　「喔！林商鎮，你先在那邊等等。」

　　編輯局長興致勃勃的看著林商鎮說。

　　「今天的頭版先讓給人權中心，案件專門小組準備了內政人權實況企畫的相關報導。文化部長！我會給你另外一個版面，不過，崔岷植（최민식）的訪談不能刪，怎麼辦？要延後？還是就寫文化版？」

　　「寫文化版。」

　　文化部部長這樣回答。

　　「好，內容很不錯的，可惜了。只是若單純直接引用檢方速報的話，就沒有任何意義，所以沒有刊登的必要，這如果等到今晚的話，會有新的嗎？」

　　「現在錫珍正在採訪中，檢方負責人目前不接電話，只說晚上會跟我們聯繫。」

　　社會部部長回答。

　　「那麼大致都整理出來了？都沒了？還有要說什麼的人嗎？」

　　沒有人張嘴說話。

　　「好，那社會部部長、文化部部長、警察派、網路新聞部長留下來，其他的人都先出去，我們來討論林商鎮的這份報導內容，林商鎮！」

　　「是的，局長！」

　　林商鎮有點驚嚇的回答。

　　「你，嗯……這個要怎麼用？」

　　「咦？」

「你這傢伙，不是所有人都天天用手機看信件，我們的讀者也大部分是這樣的。不可能全世界的人都像你一樣懂網路，寫新聞的時候要隨時想著我們的讀者，符合我們的讀者風格才可以。連部長級會議都會有人說：『這是什麼？看不懂！』你怎麼能期待讀者看懂？你說對不對啊？」

「是的！」

林商鎮舔了舔嘴唇後回應。

「你說之前那個什麼？網路新聞寫的那個？」

「是『抵抗、聯合都很快速、確實』那一則。」

編輯局長的提問，文化部部長快速回覆。

「對，因為當時那則新聞反應不錯，所以才沒有跳過你的這篇報告，還叫了『警察派』的人一起來聽，也會詢問部長們的意見。你注意一下，以後報告不要這樣寫，對你來說是理所當然的事情，但別人不一定會認為是理所當然。」

林商鎮頭低低的。

「部長會議時，大家針對你的報告有很激烈的討論，是我說先不要用。」

「是的。」

「內容相當具話題，也能引起大家的關心注意，國情院留言事件之後，還是持續造假，看來這手法相當巧妙，居然不只是留言，還有破壞網路社群、對青少年傳播保守思考模式……可是說了這麼多，卻沒有半點證據，都只是一個舉報者的說詞而已，林商鎮，你知道《新東亞》就是因為被騙才會鬧得滿城風雨的嗎？」

「這跟那個不一樣，有這個人寫的文字、跑酷的錄影、影片，還

有訪談錄音紀錄。」

林商鎮反駁的說。

「你這人，訪談錄音紀錄是你跟舉報者之間的對話而已，沒有任何意義，就算是合包會成員之間的對話錄音也都沒有任何意義。我們怎麼知道他真的是國情院的一員，還是根本就是一位專業的演員？」

「內容相當縝密，我也確認過舉報者所說的話。」

「林商鎮，我現在不是要質疑你說的話，是要你再深入去挖掘，以現在的情況無法寫成任何報導。連那個情報機關的人是國情院組長的話，都只是舉報人的猜測而已，如果是國情院組長的話，總會有會幾個手下或是該組的名稱吧！」

編輯局長打斷林商鎮的話，讓這位年輕記者內心充滿憤怒：「這要怎麼打聽啊？難不成要打 111 去問嗎？」

「不能潛入合包會的聚會嗎？用隱藏式照相機拍幾張照片出來，或是……」社會部部長開口問道。

「這個嘛……也沒用，拍那個能幹嘛？不知道有哪些成員的組織，怎麼可能隨便說他們在計畫什麼啊！如果這樣可行的話，那塔谷公園那些老人家，不都是內亂煽動者了，要有名字！有用的名字！」

編輯局長依舊否定了這個提案。

「林商鎮啊！不如這樣。」

案件專門小組組長開口說道。

「嗯？」

「你是說合包會成員中有經濟團體或是經濟研究所人的對吧？」

「對！」

「去跟經濟部要經濟團體跟研究所的幹部名單，那些名單會有照

片，然後……」

「啊？」

「這樣可以吧？」

編輯局長這樣問。

「我會試試看的！」

林商鎮回答。

「要有名字才可以！」

局長對著恭敬鞠躬後走出局長室的林商鎮再次交代，年輕記者出去之後，編輯局長詢問案件專門小組組長。

「朴組，這個人在你的小組工作過對吧？」

「對。」

「朴組看來如何？這個人可以相信嗎？」

「是個很認真的孩子，文章也寫得不錯。」

「我是問可以信任嗎？」

「感覺有點出頭至上的風格。」

「之前讓法律專業研究所（Law School）教授們思考要不要告的那件事情，就是因為這個林商鎮寫的新聞，題目是什麼來著？『Law School 是錢　School』[註24]，當時用了法曹人二代的名單，卻沒有事先確認有沒有同名問題。」

「對，那個時候起，我就開始關注他。」

---

註 24：韓國「Law School（로스쿨法律專業研究所）」的學費，是一般研究所的兩三倍左右，此處「로」是 Law，而韓國語的錢是「돈」，所以以「錢（돈）」取代「Law」。

＊＊＊＊＊＊＊＊＊＊＊＊＊＊

（11 月 5 日錄音紀錄 # 3）

**車塔卡：**有個電腦遊戲叫做《靚影特務（Mirror's Edge）》，內容是一個跑酷的女生在未來都市遊走送貨、擊倒敵人的故事，這是第一人視角遊戲的起點。所以玩這個遊戲會讓玩家跳躍在大樓之間，真的很像在爬牆一樣的感覺，我們也想拍出這種影片，因為很現實，看起來就像射擊遊戲一樣具有臨場感。

所以我們為了以第一人視角拍攝，買了各種設備，運動攝影機以及為了相關攝影用途所開發的產品。這些產品能讓我們拍攝時不用特別聚焦，也不會出現搖晃問題，只要將這些產品別在胸前或是掛在頭上，進行自由奔跑即可。後來看到拍攝畫面時，覺得跟《靚影特務》超像的，只是當時買下的那些裝備幾乎都沒用。

**林商鎮：**為什麼？

**車塔卡：**因為最近智慧型手機性能都很棒，感覺好像沒必要用到那些運動攝影機，再者會盡量用那些孩子擁有的裝備拍攝，加上從第三人視野拍攝的部分也不少，這部分都是透過那位社員出色的編輯能力完成的，讓影片看起來就像是孩子們自行拍攝編輯一般。而這群我們找來的孩子，堪稱演技精湛，影片看起來真的比笨蛋更像笨蛋、比殺人犯更像殺人犯。

所有我們拍攝的影片都是一樣的，只單看影片的話，都會覺得可能不是拍一次就成功，不過這也是詐欺，我們找來的孩子實力其實不怎麼樣。原本跑酷就是這樣，幾乎不可能一次到位，有些甚至於要拍二十幾次才能成功一次，不過這部分不會出現在影片中，所以看著影片仿

效的孩子肯定會受傷。

有一種名為「安全撐竿跳（Safety Valt）」[25] 的技術，是在跨越欄杆或是矮牆時用的技術，先將一隻腳、一隻手扶在欄杆上方，跳耀的同時，另一隻腳順勢在滑過去的一項活動。「撐竿跳（Valt）」就是一種跨越的技術，再加上「安全（Safety）」二字，結合成「安全撐竿跳（Safety Valt）」這個名詞。

可是一做下去我覺得根本就不安全，先站好再翻牆的情況下，十次會有一次失誤，一失誤就會讓腳吊在牆上。如果用跑的更危險，身上可能會出現坑坑疤疤的洞跟不少撕裂傷，如果沒抓好節奏只是撞上牆壁的話可能還好，但若跨越到一半時腳被絆住的話，可能就會摔到地上受傷，可那群瘋子居然拍手叫好的狂笑著⋯⋯

**林商鎮：**狂笑？

**車塔卡：**對！狂笑，還會邊罵髒話邊說：「是白癡嗎？這都不會？」所以受傷的孩子也跟著笑，傷口還不斷流血耶！看起來是一喊痛或是尖叫、哭泣的話就會被排擠一樣。我們有準備急救包，但那些孩子好像不知道這是必備一樣，沒有人說要擦藥，這些孩子認可的就只有痠痛貼布而已。

但是我們如果給他們藥的話，他們也會面無表情地接受，然後三宮那傢伙開始餵孩子吃泰諾，那真的是⋯⋯

**林商鎮：**泰諾？

**車塔卡：**就是跟受傷會痛的孩子說，這藥沒關係，沒有副作用，讓他們吃下去。但其實可以給他們一般的止痛劑就可以了，不是嗎？如果有人相信這是入門影片，而仿效的話，我們該怎麼辦？

---

註 25：請參考下列影片：https://www.YouTube.com/watch?v=Qp5lm7SaAO4

還有一個叫做「跑牆（Wall Run）」的技術，又稱翻牆、爬牆，是以
腳先踢一下牆壁，然後雙手抓住牆壁的上沿，用力一蹬翻越的行為。
其實翻牆並不難，難的是翻牆之後要平安著地，這都可能會受輕傷或
是重傷，所以我們是分兩個場景拍攝，先是爬牆，然後第二個場景是
著陸。那群跑酷少年中，根本沒有人可以一次做到，畢竟這些孩子的
水準就是這樣，如果只看我們的影片，會覺得很簡單，但其實不然。
不過那個編輯真的太了不起了，舉例來說，我們另外錄製了觀眾影片
放進影片中，使用一點保護裝置跟採用那些拍攝技巧之後，進行一部
分拍攝，看起來就像沒有使用保護裝置就做出這些危險動作一樣。什
麼建物屋頂、施工工地等等，還有那些在高樓跨欄杆的影片，實際上
都是在低樓層拍的。

**林商鎮：** 觀眾影片是？

**車塔卡：** 啊！那個是我們去找演員學院那些想當明星的女孩子，用時
薪雇用她們拍攝的，十四、五歲左右的孩子們，拍出她們假裝經過、
假裝看到一樣。

那些跑酷少年練習的時候，這群女孩會以驚訝的眼神看著他們，但如
果這樣的場面太長的話會很假，所以大抵都不超過一秒，就只是拍攝
女孩們走過看了一眼鏡頭的表情，大家也都知道，重點是這些女孩眼
神中的表情。

我們雇用的那些女孩有不同的個人風格，長髮、大胸部、童顏、戴眼
鏡、美聲……。進行自由奔跑的話，就會成為人氣旺的男人，人氣男
不會責怪他人，就這樣。這肯定會成功的啊！

我們會留言像是「三分四十八秒左右出來的那個女生很可愛對吧？」
一類的句子，其實在男孩之間，跑酷相當流行不是嗎？這跟從前的滑

雪板或是溜冰的熱潮一樣不是嗎？

**林商鎮：**跟溜冰不一樣吧！當時有許多年長者跟女性溜冰。

**車塔卡：**總之就是這樣。

**林商鎮：**那您們知道會造成這樣的大流行嗎？

**車塔卡：**我們不知道會走紅成這樣。

**林商鎮：**您知道為什麼會這樣走紅嗎？因為影片拍得很好嗎？還是因為有演員學院的學生？

**車塔卡：**以結果來說，是輿論媒體助長的不是嗎？

**林商鎮：**輿論媒體？

**車塔卡：**自從有個電視告發的節目播出後，才開始帶動這個熱潮，那個節目甚至於……該怎麼說呢……編輯剪接得比我們更好。說真的，那個節目播出之前，不過是喜歡運動、精力過剩的孩子會因為好奇心而嘗試。但是節目播出之後，整個氛圍就變了，孩子們會一早到學校練習自由奔跑的基本動作，然後學校紛紛開始禁止這個行為，連家長團體也擔憂這項流行的當下，這就變成反抗的項目、青春的象徵。

**林商鎮：**那有預料到會成為節目題材嗎？

**車塔卡：**不！嗯……這個嘛……我想三宮應該沒有預料到，但應該有期待這種效應。

一開始我們認為跑酷太危險了，想改換別的項目時，三宮要我們提出有什麼其他的可以做，當時我提案水上滑板衝浪，可是三宮說那個太花錢又不太可能形成流行，所以否定這個提案。接下來我提出雜技，這個好好做的話是可以很帥氣的，就是頂著盤子或是用螢光球拋接，或者是 Slacklining 也可以。

**林商鎮：**Slacklining？

**車塔卡：**就是踩繩索。

**林商鎮：**啊！好的，請繼續說下去。

**車塔卡：**當我提出雜技的時候，三宮笑著說：「那會紅嗎？總是要死個一、兩個人才會上新聞，才會受到矚目啊！」當時我們都覺得是開玩笑的……

**林商鎮：**真的有人死……

**車塔卡：**死了很多人，新聞也狂報。

**林商鎮：**三宮先生的反應如何？看到那些新聞時。

**車塔卡：**就當成沒看到啊！說什麼要準備羅江活動第二季。

**林商鎮：**那個打男人的方法就是第二季的活動？

**車塔卡：**我跟三宮一樣混蛋。

**林商鎮：**請不要過於自責，畢竟您決心要揭露這一切。

**車塔卡：**這樣也不會讓那些死掉的孩子回來啊！

　　　　＊＊＊＊＊＊＊＊＊＊＊

　「我也只見過那人一、兩次而已，還有一次是喝酒的時候……」

　「請幫我確認一下。」

　林商鎮拿著一疊紙，拜託著車塔卡，車塔卡搔了搔頭，帶著擔心跟好奇心各半的表情，翻開那一疊小冊子。

　全國經濟人聯合會筆記、大韓商會組織圖、韓國貿易協會組織圖、韓國經理人協會幹部聯絡名單、2014 年公關業相關機構聯絡名單、2014 中小企業中央會成員聯絡處、2015 年韓國經濟研究院研究人力名單、產業研究院部門聯絡電話……

　「不知道，這些照片都很小、很模糊……」

　車塔卡沒有說錯，林商鎮覺得很悶。

　「我去抽支菸就回來。」

　年輕記者一起身，車塔卡就說一起去。

　「帶著這個一起去吧！陽臺那邊有椅子！」

　「我是沒關係，您可以嗎？外面涼涼的……」

　「我可以。」

　他們走到咖啡廳的戶外座椅區，邊發抖邊抽著一支又一支的菸。

　「如果我認出了這當中的某個人的話，接下來您會怎麼做？」

　車塔卡這樣問。

　「找出那個人，確認是不是事實，然後要採訪他。」

　「他會乖乖地承認嗎？那個當事人？」

　「總是要試試看，看有沒有隱藏些什麼，是以泰然的態度謊稱沒有，或是迴避問題說不記得之類的。」

「如果當事者繼續否認的話？」

「就可以直接寫報導，畢竟我們不是檢察官也不是法官，只要能找出一點蛛絲馬跡，就可以寫報導。也不用擔心什麼名譽毀損或是會受到懲罰，因為我們是基於公益目的報導，也有法院判例可以支持我們，而且我們也必須寫出當事人說沒有的反駁內容。」

林商鎮將菸霧吐了出來，接著抖了抖菸。

「如果寫成報導的話，會怎麼寫？可以有多大的版面？」

「最少是一整面的新聞，可能也會寫成系列報導，持續出系列新聞。」

「會仔細寫嗎？我們做過的事情？」

「當然要直接寫囉！為什麼不？怕您們的技巧被搶走嗎？」

林商鎮丟出的這個問題之後，車塔卡一副嚴肅的表情，林商鎮馬上說：「對不起，我不是這樣意思！」

「不！沒關係，只是突然有種奇怪的想法浮現。」

車塔卡有點驚慌。

「在想什麼呢？」

「真的要公開我們的技巧嗎？不覺得會有人看了新聞報導之後照做嗎？這確實有可能不是嗎？說真的這也不是什麼花錢的事情。」

車塔卡的話讓林商鎮不停地轉動手中尚未點燃的菸，想著要怎麼回應。

「這個嘛……那部分不是我該擔心的，但如果這樣說的話，犯罪新聞不就都不應該報導了嗎？」

「也是，現在也不知道這個新聞能不能出……」

他打開那些資料冊子，這次眼神相當集中，他仔細的瞧不同髮型

的中年男子，而林商鎮則是想著：「如果這新聞可以寫的話，標題要用什麼？」

十五分鐘過去，車塔卡抬起頭來。

「是這個人。」

車塔卡手指的那個人，有張圓圓寬寬的臉以及一對鳳眼，那是一張公司內部的照片，全國經理人聯合會李仁俊常務，擔任該團體的社會經營部部長以及商業網路委員會副委員長。

「這個人？」

「沒錯，就是這個人。」

＊＊＊＊＊＊＊＊＊＊＊

（11 月 6 日 錄音紀錄 #1）

**林商鎮：**羅江活動第二季何時開始的？

**車塔卡：**沒隔多久，不到一個月吧！因為持續有想法出現，有些就自然地發生。

**林商鎮：**打男人的方法是第二季沒錯吧？

**車塔卡：**是的，我們的構想是就像耐吉製作耐吉女性品牌廣告一樣，拍出女性用的影片，就是打男人的方法。畢竟用「護身術」這個名稱實在太愚蠢了，我們就用「新奇的護身術」為題傳播，您有看過嗎？

**林商鎮：**我有看到，大概有十篇左右，刺眼睛或是脖子，加起來大概有數十種吧？

**車塔卡：**基本有二十篇，有搞笑的版本以及認真的版本，編輯修改過的版本、簡短版本等等，所有加起來約有五十幾篇。不過搞笑版本是後來才加上去的，「踢睪丸系列」也是後續加上去的，喊著「睪丸！踢！」然後踢裝滿水的保險套，認真的版本則是以「真實或是謊言」為題。

**林商鎮：**那麼《真實或是謊言》的內容是假的嗎？不會武術也可以抵抗，成功地逃脫被性侵的可能，那一類的內容⋯⋯

**車塔卡：**不！那部分不是編的，詳細出處我們也不太清楚。就算不會武術，抵抗比不抵抗來得好的說法，是一堂護身術課程中的內容。一般女生都會認為抵抗會受傷，所以與其抵抗不如乖乖的順從，不過那堂課不鼓勵這樣的說法，真的不行也可以尖叫，畢竟性侵犯也可能會害怕。還有，其他有用的內容也不少，像是用磚塊敲頭不會死、刺一

下眼睛不會瞎掉等等，不要只打幾下臉就放棄，這都是有用的資訊不是嗎？

**林商鎮：**其實我也有把《真實或是謊言》的影片給我女朋友看。

**車塔卡：**是的，把這個命名為「打男人的方法」其實相對吸引人，而且這都是有用的內容，跟自由奔跑不同。當這個上傳之後，父親或是男友都會叫女兒或女友看，還有英文翻譯版本，在國外也很火紅，算是我們認真拍的影片。

首先是找出十幾歲女生喜歡的類型，詢問女學生喜歡的外貌類型等等，一般護身術的影片都很難學不是嗎？會讓人想說：「這我可以嗎？」但我們做的是初級的、拍的是初級的，一看就會覺得我也可以做到，不用費力就可以記下要訣，就是很簡單的方式。

還有我們的要訣都可以自然呈現，不用言語，看起來很新奇或很好笑，但是超級有說服力，更可能做得到。像是如何抓住拿著刀想要性侵自己的男生？知道哪邊可以打？用手戳眼睛、丟石頭、踢睪丸等等的行為，都相當具有可行性。

這也都不是我們編的，而是真的出現在女性護身術課程中的內容，只是我們沒在影片中註明來源。總之，我們的影片就是跟別人不一樣，我們總是在結尾的地方出現打男生一拳的動作，拿起旁邊的石頭尖叫吶喊著：「我強大！」

武術也是選擇較華麗的，像是跆拳道、合氣道、拳擊等等都太蠢、太落後，我們選擇的是俄羅斯軍用武術西斯特瑪（Systema），這項武術的動作相當帥氣，我們影片中的講師是韓國西斯特瑪韓國分設的會員，她不知道我們的目的，卻還是一口答應要協助我們。

**林商鎮：**所以接下來就剩下清理衣服品牌囉？

**車塔卡**：對，這是在討論在孩子之間很受歡迎、很流行的名牌羽絨衣的時候，反向思考得來的，要我說明嗎？這您不是都知道嗎？

**林商鎮**：也請您說明一下，說不定我真的不懂。

＊＊＊＊＊＊＊＊＊＊＊＊

「好，你說說看，確定是李仁俊嗎？」

編輯局長詢問。

「確定，舉報者不是說『好像是他』，是明確地說出『沒錯！是這個人！』還說可以對質。」

林商鎮回應。

局長室裡除了局長以外，還有案件專門小組組長、會出入全國經理人聯合會的經濟線採訪記者，還有社會部部長跟網路新聞部長。

「那個舉報者所說的事情，李仁俊聽過嗎？」

「這真的令人很起疑，想聽聽他怎麼反駁，打了電話，但是他卻推托說很忙，下次再說。然後就不接電話了，接著我打了全國經理人聯合會的電話……」

「有接嗎？」

「接了我的電話之後，就早退了，說什麼家裡有急事。」

林商鎮說明情況，他感覺到局長的臉開始變柔和。

「現在是讓誰去這個渾球家？」

「現在是一位警察線記者過去，林商鎮目前也是每隔十分鐘打一次那個人的電話，留下語音訊息，也傳了簡訊。」

案件專門小組組長這樣回覆。

「這混蛋是什麼樣的人？會做這種事情的混蛋嗎？」

「他在駐守記者圈中評價很好，聰明、交友廣闊，是第一屆公開招募考進的員工，在全國經理人聯合會中是一位很伶俐的人。」

這次是經濟線的記者回應。

「聰明、伶俐、沒有缺點？」

「喜歡酒跟女人？聽說連去酒店的時候，說話應對也都相當得體。」

「相當得體？講得像你沒有去過一樣。」

局長的話讓經濟線記者有些說不出話，「就⋯⋯一、兩次⋯⋯」，然後搔了搔頭，局長室裡出現到目前為止沒有過的笑聲。

「那，經濟線的人覺得怎麼樣？全國經理人聯合會的常務會有這種祕密集會，會做這種事情嗎？」

「也不太能說沒有可能，全國經理人聯合會之前不是也被抓到，說是依據某總統候選人總部的政見而設立的。現在政黨或是國策機關要用符合自己想法的報告時，不也都會用經理人聯合會的，這個常務雖然做這事情不恰當，但他的人脈關係確實很廣。

「還有有兩點很特別，首先是這個人今年年初，在經理人聯合會出版的月刊專欄中，確實寫了符合林商鎮說的那些事情，什麼要警覺到網路勢力激增，會左右輿論，以及財團要積極的參與網路輿論形成的過程等等的話。還有就在那個時候聯合會設立商業網路委員會，這個李常務還兼任副委員長，而且這個委員會沒有委員長，也沒有列出工作事項，每次問及到目前為止有什麼實際成果，或是做了什麼事情的時候，公關室都說這目前還是祕密，根本不肯透露一點風聲。」

「所以到現在還是相當神祕的情況囉？」

局長詢問著，這個問題只有林商鎮一個人回應「是的」，其他人保持沉默的樣子，讓這位年輕的記者有點慌張。那一瞬間，他的電話響了，林商鎮漲紅了臉，走出局長室接了電話。

林商鎮之後再度走進局長室，眼神跟態度跟剛剛完全不一樣。

　　「局長，我剛剛接到舉報者的電話，確認是李仁俊沒錯，剛剛他在同事錢包裡發現李仁俊的名片。」

　　現場一片沉默，然後局長環視一圈在座的人之後，敲了一下桌子說：「好，就寫吧！」

＊＊＊＊＊＊＊＊＊＊

（11 月 6 日錄音紀錄 #1）

**車塔卡：**原本是把蒙克雷爾[26]的羽絨衣平放在地上，用油性筆抹去他們家的品牌圖騰，是大約十秒左右的影片，結束之後，手的主人說了一句：「我強大、我不怪罪他人。」接著將這部影片上傳至 Nate 等社群網路，然後留下「看起來像神經病，不過頗帥的。」的留言，或是「看起來真的很心動」一類的留言，瞬間討論度上升。

一天過後，再讓其他人用其他的衣服仿效這種行為，拍攝影片上傳，瞬間成為火紅話題。幾次重複過後，不只其他品牌的羽絨衣，連知名運動鞋也成為影片的主角。如果這部影片沒有走紅的話，根本不可能這樣做，可是偏偏影片走紅了，火紅之後，連弘大街道上都出現用油性筆塗衣服的情況。

**林商鎮：**您們怎麼知道這會紅呢？

**車塔卡：**在我們之前，有一個「北撕男」的影片，是一個男生在路邊撕 The North Face 的羽絨衣。在明洞街道上，將 The North Face 的羽絨衣橫放在街道上，用藍色膠帶貼出「時辰」二字，然後用球棒不斷敲打，最後撕毀衣服的影片。那個其實不太能引起話題討論，而且 The North Face 針對這個影片採取看到就刪除的策略，所以更是無法引起流行。

我們覺得影片雖然很蠢，但是孩子們的反應卻都不錯，許多留言都反應出孩子們認為這樣做很爽快，也有嘲笑 The North Face 的留言，顯見孩子們對於那種品牌的反感度。要知道有的孩子喜歡高級品牌，

---

註 26：作者虛構的品牌。

有的則是討厭，更有一些是既喜歡又討厭，只要掌握住那些討厭流行的孩子的話，就可以引爆話題流行。

**林商鎮：**剛剛您提到，拍腋毛跟撕校服的情況是自然衍生的對吧？

**車塔卡：**拍自己的腋毛上傳 SNS，原本是流行在中國女學生的 Instagram 之間，最後流行到韓國，跟我們的活動結合之後，照片下方就出現「我強大」的字樣。諸如坦蕩地說出我不除腋毛、我強大一類的說法，這剛好符合我們活動的宗旨，我們當然是歡迎囉！雖然那個年紀的孩子通常也不會除腋毛，不過就是這樣。

撕校服這件事情每三、四年都會流行一次，不過我在學校的時候沒有看過，偏偏這也不是我們能夠阻擋的，就……就從整個情況看來，就是大人說不要做的事情，孩子偏偏會做，不僅會做，還會在同儕之間引起仿效效應，不過那樣撕校服之後，是穿著破破爛爛的衣服到學校嗎？我不懂，不過十幾歲的孩子做的事情，我也不打算要懂。

＊＊＊＊＊＊＊＊＊＊＊＊＊＊＊

　　林商鎮處於虛脫狀態，凌晨進到公司，午餐也沒吃，一個人寫報導寫到下午，完成了每張兩百字的原稿共四十張。但他不覺得肚子餓，相對的心情還很不錯，就像拿著石斧到處打獵的原始人一樣熱血沸騰。

　　「林商鎮啊！編輯部那邊問你有沒有可以用的附錄？」

　　案件專門小組組長氣喘吁吁地跑過來詢問。

　　「都送過去了，剛剛三點左右。」

　　「編輯的意思是說，那些社群網站截圖的畫面太多，看起來很沒有誠意，有沒有其他的附錄可以用？」

　　「這樣嘛……不用那個的話……不能用插畫嗎？」

　　「現在沒有時間找畫家畫了，你不能畫一張概念圖嗎？」

　　「概念圖？」

　　「對，那個合包會跟阿爾萊怎麼連結在一起的概念圖，或是阿爾萊在攻擊進步陣營的網站、留言板時，是用什麼方式等等的。不複雜，只要畫出第一次攻擊時，該網站的反應，然後第二次攻擊時，網站反應又是如何，大概四欄左右就可以了。」

　　「我試試看！」

　　「好，那就二十分鐘內完成送到編輯部去，你再辛苦一點，等截稿就可以輕鬆地喝一杯！」

　　「好的，前輩！」

　　一下子就過了兩個小時，確認了內容，依照編輯的要求追加用詞解釋、地區新聞會議，吃了一點海苔包飯，從公司內部網路校稿新聞

內容……終於到了可以鬆一口氣的時候，看了看時間，已經是晚上十點了。

「雖然已經上傳了，不過在公司內部網站還可以修改，所以你就仔細看看有沒有需要修改的。」

案件專門小組組長以一副好像老了幾年的表情說著。

「是的，前輩。」

林商鎮離開座位，假裝要去抽菸，走到樓梯間去打電話。

車塔卡正在新村的套房打電動，突然接到林商鎮的電話。

「喂……」

「您好！我是林商鎮。」

「啊！是，您好啊！林記者。」

車塔卡稍微擋住了話筒，把電腦的聲音關小，而三宮聽到「林記者」幾個字之後，就以興致勃勃的眼神看向車塔卡。

「現在網路版報導剛上傳，請確認一下，明天的第一版跟第四、五版全版新聞刊出，事先先跟您說一聲。」

車塔卡趕緊打開 K 報社的網站，斗大的標題寫著。

衝擊！「我是第二代網軍部隊成員，專門攻擊進步陣營的網站。」

國情院留言聽證會的當下，還繼續偽造輿論留言。

事件背後，「合包會」究竟是什麼機構？「國情院比心理諮商機構還要有力」！

政府機關——經濟團體，聯手營運商議？經理人聯合會李某常務也是成員之一？

「請看一下，如果有問題的話，請三十分鐘之內告訴我，我都還可以修改。」

「好的。」

「再一次感謝您，往後幾天還會有後續報導，我們保持聯絡。」

「那個……林記者，目前用的這支電話，明天就不能用了，我明天下午左右會用新的電話聯絡您。今天如果我沒有打電話給您的話，就是沒有問題。」

車塔卡的聲音很從容。

「好的。」

車塔卡掛上電話，因為三宮突然站到他面前而瞪了他一眼。

「新聞出來了？」

三宮問。

「嗯……一起看吧！」

車塔卡將螢幕轉向三宮，三宮認真的看著第一則新聞，看到第二則新聞時他說：「喔喔！這小子寫得不錯……，左派記者還真厲害，可是合包會是什麼東西？」

「不知道，就突然想到，隨便想的。」

車塔卡回答。

「林商鎮那傢伙相信你的話？」

三宮問。

「當然是相信才會寫這個新聞啊！白癡！」

車塔卡從冰箱拿出啤酒來，打開一飲而盡，而三宮則是笑哈哈。

# 第九章

勝利者必須依據真相才能不被追究

最先打電話來的是李仁俊常務，他凌晨打來的。

「這問題很嚴重！怎麼可以不跟當事人確認，就發這樣的新聞呢？」

李常務的聲音相當激動的說。

「您知道昨天我打了多少通電話給您嗎？語音留言跟簡訊也傳了好幾次，您都沒有回答，所以才無法跟您先進行確認，我們甚至於還派了記者去您家找您，我們能做的都做了。」

林商鎮堅毅的回覆。

「我現在家裡有事，所以沒有辦法馬上確認電話，今天也是休假狀態。」

「應該是這樣的吧！」

「反正林記者您寫的報導，根本從頭到尾都有問題，我雖然不知道有沒有合包會這個組織，或者是什麼網軍攻擊，但是全國經理人聯合會，也不是我個人就可以干涉的組織，如果你這篇新聞不快點下架的話，我就要提告！」

「歡迎，不過李常務，我們還會持續有後續報導的。」

「還有，新聞報導中說我今年七月參加了什麼會議對吧？我那個時候人在美國進行短期研習，整個七月都不在韓國，如果您想看證明的話，我可以去申請出入國紀錄。」

「好的，就請您拿過來吧！沒看到證明之前我無法說些什麼。」

「混蛋！」林商鎮掛了電話後大罵。

網路上亂成一團，他寫的新聞馬上成為搜尋排行版上第一名，成為今天最多留言的新聞，留言多半都是說：「真令人頭皮發麻，我就知道是這樣，難怪奇怪的留言這麼多。」還不到上班時間，這讓林商

鎮相當開心。

全國經理人聯合會的駐守記者前輩來說，聯合會內部人心惶惶的，公關處只能不斷重複說：「目前我們還不清楚，正在確認中。」

上午有一位自稱是金佳人先生的人打電話到 K 報社，說要找林商鎮，電話中那個男子相當生氣的樣子。

「林商鎮！你這個混蛋！你真的是記者嗎？居然敢扯謊說我不存在？說我老婆根本沒有接受精神科的治療？」

「請問，您是？」

「問我是誰？你自己去找啊！你不是記者嗎？堂堂記者連這個都不知道？」

當對方稍微鎮定之後，他聽了對方的情況，知道那是自己寫的新聞中提及的那個引爆提告潮的當事人，該名男子的妻子因為該網站跟 Ilbe 間的戰爭而神經衰弱，最後他受不了了，所以提告該網站會員。

「我老婆一直被那個網站的情況困擾著，可是你居然說我們意圖消滅那個網站？這是二次傷害不是嗎？」

那位自稱是金佳人先生的人，沒有像一開始那樣氣憤填膺，但還是有深深的敵對感，一直說會提告，這讓林商鎮開始覺得奇怪。

中午時，國情院發出新聞稿，說目前國情院正在進行內部改革中，今天一部分輿論報導根本毫無根據，對於相關報導會保留法律追訴權。

下午駐守經理人聯合會的前輩打電話來說：「那個李常務啊！昨天沒接電話就緊急休假的理由，好像沒有問題。」

「是嗎？是為什麼？」

林商鎮回問。

「他已經離婚，原本小孩是前妻扶養的，但那孩子得了罕見癌症，昨天那孩子情況惡化，所以他昨天整夜都在醫院，也沒有回家。因為他沒有跟其他人提過這件事情，所以周邊的人都不知道。」

第一版截止的時候，網路上出現了一篇文章，主張今日 K 報社的報導資料內容，疑似盜用抄襲自己在 A 站寫的劇本《第二代網軍部隊的榮耀與墮落》。

該篇文章的作者還主張自己是系列編劇，早在三個月前就在 A 站撰寫這個故事，而林商鎮所寫的報導幾乎與自己的劇本內容雷同。

這位編劇還主張自己是看到 A 站發生類似的情況，從中獲得靈感才寫下這部劇本，事實上 A 站並沒有因為那種陰謀而瓦解。

部長級會議針對這件事情做了各種指示，林商鎮不斷的打電話給車塔卡，也不斷地留下語音訊息跟簡訊，但是車塔卡依然沒有回應。

晚間跑酷愛好會所屬的青少年成員集聚在 K 報社前，抗議報導刻意扭曲事實，在 K 報社前進行自由奔跑的表演。

林商鎮的報導讓 K 報社面臨史上未有的誤導風暴之中。

---

從我哥那邊聽到目前 K 報社的情況（漩渦逼近）
文／吃炸雞的孩子


各位朋友，大家好！
今天真是令人憤怒的一天不是嗎？
這幾年之間我都只是默默的看著，今天是我第一次浮上水面，
從手機看了這篇文章，覺得真的是神經病，完全無法理解，OK?

民主化是這樣帶給我們傷害嗎？

我哥在 K 報社工作，但他不是記者，請不要說我哥哥是左派鬼而罵他。（別說報社記者怎樣，報社也是企業不是嗎？所以不是記者的人也很多。）

根據我哥的說法是，這次寫第二代網軍部隊的新聞，讓公司鬧翻了，光是要告林商鎮的就有五個地方⋯⋯

損害賠償加起來大概有五千萬之多⋯⋯

這不是針對公司，而是針對林商鎮本人，公司連律師都不肯幫忙請。不過 K 報社迴避了訴訟，卻因為這則新聞而搞得形象全毀，看來損失很大，抗議電話不斷⋯⋯

我哥真的罵死林商鎮這個人了。

說真的，K 報社從我是歌手開始，就已經做了很多白工了⋯⋯

根本就是煽動不是嗎？

總之現在林商鎮是代罪羔羊，他之上的次長、部長、編輯局長都要等著受到懲戒了⋯⋯

（林商鎮一直主張他是收到舉報，還一直堅持要找到那位舉報者，根本沒人相信他。）

林商鎮這個人，本來就寫過許多有問題的報導，

他在部落格、推特上傳許多未經公司允許的內容，還私設網站，

寫些明星議題跟宣傳左派的活動或是演講，

他在 K 報社本來就是不受歡迎的人物⋯⋯

據說很多人都說他到底是記者還是部落客，

一個想走紅的人而已⋯⋯

還寫了很多支持崔尚真那混蛋的統進黨的文章，

可是啊！關於他寫的那個新聞，好像還有模有樣的不是嗎？
真的只有幾個假會員就可以那樣留言，就可以毀掉左派鬼的網站嗎？
不過就是在網站上留言，是能怎樣？難不成還可以禁止嗎？
混網路也有一段時間了，每次都嘛火力不足，難不成左派的網站跟其他人與眾不同？
換個角度想的話，這主意還不錯耶！
有人願意跟我一起試試看嗎？
有的話請發信給我 chickeneatgay@naver.com，
第一個目標是那群泡菜女的庇護所 SANGKEO，
來試試看吧……或是為我加油！

簡單三行說明：
1. 林商鎮這個左派鬼崩潰，太爽了。
2. 要嘗試毀掉左派 SANGKEO，募集自願者，請私訊。
3. 拒絕民主化。

　　懲戒委員會在編輯局樓上的小房間召開，這場地林商鎮並不陌生，是當初他參與 K 報社公開招募有經驗記者時的面試場地。

　　在林商鎮眼中，這些懲戒委員的人完全不願意聽自己說話，他們已經有了定論。

　　懲戒委員會的人問林商鎮以下問題：

　　「如果聯絡不到李仁俊常務的話，為什麼不多等一、兩天等聯絡

上再說？」

「可以發文要求國情院接受採訪不是嗎？」

「你都沒想過可以去找金佳人以及她的先生進行確認採訪嗎？」

聽到這些提問，他突然產生了莫名的傲氣，提振了他的精神，從寫完該篇報導到現在，有幾天的時間完全不願意面對任何人，而現在他抬頭看了一下那些人說道。

「我可以為自己說句話嗎？」

林商鎮說。

「請簡短的說。」

懲戒委員會中有一個人以奇怪的眼神回應。

「因為我的輕率而造成公司損害一事，我感到很抱歉，我願意接受任何懲罰。但是我還是相信阿爾萊這個團體是存在的，我認為這所有的一切都是為了讓我們報社陷入窘境，是項計畫好的陰謀！」

懲戒委員會有一個人發出大聲的嘖嘖聲，林商鎮瑟縮了一下，閉上雙眼後張開，繼續說道。

「我一定會找到這個車塔卡，揭發這個陰謀，還我們報社清白！但我不認為他說的全部都是造假的，他們一定是做了類似的事情，只是把一些名稱改掉，我會去找那些自由奔跑同好會，也會去找教護身術的女教練。連那些提出告訴的人肯定都是事先準備好的人，警方開始調查之後肯定會知道那些人是誰。

「我還有幾張那個車塔卡的照片，是我趁機偷拍的，也有錄音訊息在我手上。我知道他姓楊，這不是常見的姓氏，一定可以找到人，我還大概可以說出他的身高跟體重，他的故鄉是馬山。會拜託警察大哥查一查他用過的手機號碼，他的照片也已經上傳我的網站，現在正

在等人舉報中。雖然我這樣說感覺很不要臉，如果可以的話，拜託公司案件專門小組請警察協助一下，可否確定那個人的身分嗎？感謝您們。」

懲戒委員會的人假意的點點頭說。

「好的，我們知道了，懲戒的方式會在我們這邊進行討論，不過最終決定權在社長手中，明天會通知林記者您，所以明天請到人事組報到上班。」

林商鎮鞠躬之後，走出小會議室。

年輕記者走出去之後，懲戒委員開始個個笑了出來。

「這真的是年輕記者的大問題耶！那種人怎麼可以進到編輯局來？怎麼沒有一點抱歉的想法，往後不准那個人再進到編輯局來，聽到沒？」

坐在窗邊的懲戒委員難以置信的說道。

「這……，那個人精神是不是有點問題啊？我有點擔心，畢竟這個衝擊不小，是不是應該要幫他介紹一下醫院啊？」

另外一邊的懲戒委員擔心的說。

「我們是沒人了，才會收有這種新聞相關經驗的人嗎？那個人是從網站記者被挖角過來到編輯局的對吧！這真的是公司的大失策！之前他好像是在什麼環境勞動新聞還是什麼網路新聞對嗎？」

坐在中間的懲戒委員提高聲調說著。

「我們真的不能再收這種網路新聞出身的人了，那邊的記者可以叫做記者嗎？根本沒有受過正式記者訓練的人，難怪會出這種事！」

隔壁的懲戒委員大聲的說。

「哪時要出發？」

一位看似船長的人走過來詢問。

「船長先生，可以再等一小時左右嗎？」

三宮代替車塔卡請求。

「也要為他想想看，現在離開的話，會有一陣子無法回到韓國……」

01 查 10 也幫腔著說。

車塔卡縮著頭不斷抽著菸，心裡面只有一個想法。

「為什麼不來？媽的，那個臭女人，為什麼不來？」

他們在京畿道華城的一個港口，現在是晚間時分，船長準備許多釣魚用具，他們偽裝成要去夜釣的釣客，車塔卡揹著一個登山用的行囊。綁著木椿的船只有這一艘，一艘小隻的漁船，一開始看到船的時候，車塔卡還覺得很害怕，但船長解釋說等等出海之後，會換乘另一艘大艘的中國船隻。

「我知道你的心情是什麼，可是到現在沒來就是不會來了，不可能會來的，這裡沒人會晚到的。如果是沒有這個人會死的話，那就走不了了，有這種情況就不要離開，就躲在韓國就好了！」

船長這樣說。

「船長先生，請您喝這個。」

三宮笑著遞給船長一罐啤酒，船長面無表情的接下啤酒後，打開來喝。

「只能給你三十分鐘，那邊也有接駁船等著，我們要快去快回！」

船長說完這句話就往船的方向走了過去，車塔卡走向 01 查 10。

「手機再借我一下。」

「喔!」

01查10把手機交給車塔卡,因為撥打太多次了,所以自然而然地撥了智允的電話,智允電話完全沒有開機。

「還是沒接?」

01查10以擔心的眼神詢問,車塔卡沒有回應。

01查10拿回自己的手機之後,還是站在車塔卡身旁,一副想說些什麼的眼神。

「怎樣?」

車塔卡開口問,01查10才終於以小小的、不讓三宮聽到的聲音,迅速說:「那女人不來的話,你一個人……在中國生活費很足夠,不是嗎?」

「所以呢?」

「可以借我五百萬嗎?你回來韓國的話,我會還你的,加上利息。」

車塔卡笑了出來。

「喂!你這白癡,你現在連五百都沒有嗎?拿了這麼多錢,你都用完了?你該不會白癡到統統給那個叫惠利的女人吧?」

「唉唷……那不然要怎麼辦?聽起來就很可憐啊!她說因為換了店,然後身體突然不舒服,幾天都沒辦法去上班,所以利息又增加很多,總不能讓她繼續欠利息吧!」

「喂!你這傢伙,你相信她說的?媽的,那群酒家女的話根本不能信,一開口都是謊話啊!說什麼愛你都是騙人的。」

車塔卡突然大笑,他低頭幾秒揉了揉眼睛,突然站了起來,看起

來是想要忽略掉自己眼中的淚水，打開自己的行囊，裡面有成疊的人民幣跟韓元，他拿了一疊給車塔卡。

「謝啦！看來不管是你還是我，都被那些泡菜女害慘了。」

趁著 01 查 10 將那一疊錢塞進錢包放進口袋之際，他說。

「可那是泡菜女沒錯對吧？天啊！我如果去到中國，一定會跟朋友說不要相信韓國女人，那些泡菜女專門從背後傷人的！」

車塔卡說完就朝向船長方向喊了聲：「出發吧！」

船長點了點頭，準備開船。

「欸！還有十分鐘左右耶！就這樣走了？」

三宮問。

「媽的，要不然那個泡菜女會來嗎？」

車塔卡裝作毫不在意地回答。

「你這小子，做得好！統統都拋棄，漂亮女人在中國也很多，等你在中國安頓好之後再聯絡我，我會繼續用同一個電子信箱。」

三宮這樣說，然後抱了抱車塔卡，兩個人都有些感動湧上心頭。

「以後這也是回憶吧！」

三宮說。

「有夢想的人會成功的，我們一起成功吧！」

車塔卡這樣回應。

「媽的，一定要聯絡啊！要不然我一定會追到中國去的。」

01 查 10 也這樣說，他也抱住車塔卡。

三宮跟 01 查 10 在岸邊望著漁船離去的影子，直到看不見漁船為止，三宮狂抽著菸，01 查 10 則是一直朝著看不到任何影像的大海揮著手。

海浪不大，卻足以讓船上下搖晃不止，每一個浪都可能讓這艘小船翻覆。車塔卡上船不到五分鐘就開始暈船，他偷偷看向船長，帶著一個偷渡客的偷渡船船長看起來一點都不在意，車塔卡以慘白的臉撐過三十分鐘左右。

「到了，再等等！」

船長說完之後關掉引擎，船在海中順著海浪搖晃，車塔卡從船長室走出來，靠著欄杆深呼吸，想要甩掉暈眩感，黑暗的大海好像要吞噬他一樣，船長關掉大燈，只留下船長室的小燈光。

沒有看到中國船的蹤跡，當車塔卡內心感到焦慮，望向大海之際，後方突然出現一條電纜線纏住他的脖子，怎麼掙扎都掙脫不開，連喊救命都喊不出口，他用勁力氣想要掙脫卻沒有用，血絲都滲出來了，臉色慘白。

船長使力的不讓車塔卡掉出去，拉住車塔卡的雙腳拖行，車塔卡就像上鉤的魚一樣跑不了，船長靜靜地看著他。

車塔卡被翻了過來，像魚翻肚一樣，模樣相當猙獰，滿天星星都映照在他的眼裡。

其實車塔卡多少也預料過會發生這種事情，當看到船的第一眼，就曾恐懼過會不會發生這種事情。至少現在的他，內心很平靜，可能是終於能脫離恐懼的緣故吧！想著好險自己喜歡的女人沒有跟來，至少救了她一命。

車塔卡停止扭動身體，船長靠近確認是否還有呼吸，隨後拿出智慧型手機拍了張舌頭外翻的車塔卡的照片，之後打開他的行囊，數著鈔票。

船長往岸邊行駛，等到再度可以接收手機訊號時，將剛剛拍的照

片傳出去，然後撥了通電話，這電話有防止竊聽的裝置。

「辛苦了。」

李哲秀一接起電話就這樣說。

「五百不夠。」

船長這樣說，李哲秀似乎沒能馬上理解這句話的意思。

「所以呢？」

「我說五百不夠。」

船長再說一次。

「匯給你。」

李哲秀這樣說，船長掛上電話。

船長拿著剪刀剪掉纏繞在車塔卡脖子上的電纜線，用手臂夾住車塔卡的手，反身把他丟出船外，落水聲不大，而這裡的潮流是往大海方向。

＊＊＊＊＊＊＊＊＊＊＊＊＊＊＊

　他們沉浸在沙龍裡面，沙龍裡正在開一場簡單的會議，會議召開前先看女孩們的開場秀，接著將女孩們送到隔壁房間，再進行他們的會議。

「林商鎮那個人如何？有消息嗎？」

李哲秀笑著問。

「前幾天跟我們那邊駐守記者喝酒的時候有聽到一點，說什麼整個人都廢了，公司懲戒是一回事，連網路都被攻擊得很慘烈，連推特都退出了。」

本部長這樣回答。

「這是我們的作品。」

三宮裝模作樣的舉手敬禮著說。

「生於推特、死於推特啊……真令人寒心的傢伙，還敢大言不慚的說什麼……」

組長說著。

「應該要感謝他，畢竟他幫了我們大忙，將這個方式大力推廣出去。」

本部長這樣說。

「不過那時機真的抓得很好，那個李仁俊常務還是什麼的，就這麼剛好那天孩子出事？」

組長喃喃自語著。

「隔壁房間女孩等著，我們快點進行吧！你們都看過阿爾萊送來的企畫案了嗎？如何？」

　　李哲秀說道，在場男士們笑容依舊，躺在椅子上，褲子還是脫落的狀態。

　　「這個主意不錯，我有點擔心的是，用這一點開的公關公司規模太小了，感覺沒辦法發揮影響力，你們覺得怎麼樣？還是反正是獨立進行的，所以沒關係？」

　　本部長這樣說。

　　「這公司規模已經不小了，看那些演藝經紀公司，有些連社區小店的規模都不到，但還是可以運作得很好。五億左右的話，可以成立一個規模不小的大公司，如果是專精嘻哈的演藝經紀公司的話，可以養活那些會嘻哈的孩子們，像 YG 娛樂的資本額就不到五十億。」

　　三宮這樣說。

　　「先不管能不能聚集人群，重點是可以做到我們要的結果嗎？」

　　組長這樣詢問。

　　「可以的，我跟那些自由奔跑的孩子們相處之後發現，不可能一一嚴格管制，但是如果給錢的話，就會往我們想要的結果邁進。」

　　「怎麼做？」

　　李哲秀問。

　　「我們公司會成為很酷的公司，將這些孩子當成藝術家招待，給他們最大的自由，不用銷售量壓榨他們的話，這些孩子們會跟其他人不一樣，就讓孩子盡情創作，唱他們想唱的歌，我們不管他就是了。然後我們在旁邊鼓動的說：『要批判社會、要有反抗精神啊！』當他們問反抗誰的時候，我們就說不要批判你們的爺爺世代，要批判你們的父母世代……」

　　「批評 386 世代？」

李哲秀這樣說。

「是的,我們要用十幾歲的孩子攻擊386的文化,這看起來很酷,所以會馬上走紅,接著擴散到其他世代,就只是時間問題而已,畢竟這群孩子幾年之後就二十歲了不是嗎?大眾文化總是四十幾歲跟隨三十幾歲、三十幾歲跟著二十幾歲不是嗎?所以十幾歲才是重要的核心人物。」

三宮這樣說明。

「那些孩子會乖乖聽話嗎?他們不是擁有自由的靈魂嗎?」

「會聽的,他們知道對自己有利就會批判,有看過電視的試鏡節目嗎?最近的孩子天賦異稟、自由奔放,根本就不甩評審或是導師那種小人物,這些孩子都很狡猾的,絕對不會上那種鉤,更何況公司的選擇權限在我們不是嗎?」

「做得好的話,我們也可以常常看到那些想當演藝人員的自願生囉?」

組長笑得很淫穢。

「我們會以男孩為重點。」

三宮的話讓組長出現可惜的誇張表情,三宮跟本部長都笑翻了,接著他們還討論了幾個細部的事項。

「那個文筆很好的小子沒有聯絡嗎?那個叫車塔卡的小子?安全到中國了嗎?」

李哲秀擺出一副突然想起這個人的樣子,詢問三宮。

「還沒有聯絡,不過我們說好了,在他安全站穩腳跟之前會好好躲著,請不用擔心,他是嘴巴很緊的人。」

三宮這樣回應,李哲秀則是點點頭說知道了。李哲秀想著,三宮

這個年輕人真的很不錯，可能的話要多留他幾年的命。

三宮說，自從 K 報社那篇報導之後，進步陣營網站紛紛響應自重自愛的風氣，如果出現政治類的指責留言，會員們就會起身攻擊對方是網軍部隊。這樣的結果，讓李哲秀鬆了一口氣。

「這些事情邊喝酒邊聽更棒，這本來就是喝酒話題不是嗎？」

聽到讚美的三宮開心地笑了，本部長滿臉笑容的拿起房內電話。

「叫那些女孩統統進來，現在是真正的開場秀時間了。」

## | 第三屆濟州四‧三和平文學獎【評審評論】

評審委員／顏武雄（文學評論家）

玄基英（小説家）

李京子（小説家）

今年第三回的濟州四‧三和平文學獎總共有五十五篇作品參與預賽，其中五篇作品《那些》、《解任》、《RED ISLAND》、《木頭路》、《網軍部隊》獲選進入決賽。

決賽時，評審們先是共同決議，如果沒有好的作品，就會選擇讓優勝作品從缺，同時決定先蒐集意見之後，再共同討論。五篇作品當中，有三篇與濟州四‧三事件有關，另一篇內容是韓國國民，卻無法認知到自己的身分認同，因而生活在不安之中的少數人，同時，那些想接近他的人也無法認同，造成雙方都呈現緊戒心的小說。

最後一篇就是目前最受矚目的網路的善與惡，政治權力介入造成的網軍政治以及大眾暴力的內容。

這幾篇作品中，描繪四‧三事件的作品大抵屬於必然悲劇的類型，作者拉出距離，以客觀方式描繪，卻同時出現幾個相似的失敗之處。透過採訪故事或是相關資料得知四‧三事件，選擇與人、人生為主的主題，卻皆敗在基本架構不完整，讓傷痛與悲傷、殘忍與絕望的事件，與出場人物產生不必要關聯性，錯失創作文學的文學性。

從結果看來，架構艱澀難懂、內容緊密程度不足，看似是東

拼西湊的作品，因此本階段先淘汰《那些》、《解任》兩部作品，僅留下三部作品進行更深度的意見討論。

首先是《RED ISLAND》是回到四‧三抗爭的那個時間點，描寫事實上承受悲劇的人民，因為不同境遇而有的不同模樣。然而，平凡的架構與通俗地描寫手法，使得作品層次降低不少，又沒有提及四‧三事件的核心，因而有點可惜，故事內容索然無味，濟州方言使用不正確也是一項缺憾。

《木頭路》是將四‧三事件與越南戰爭進行對比，與過往的作品相似度過高，落於俗套之故，相形之下就無法令人感動，這一點是較為可惜之處。同時，四‧三事件的比重過低，內容表現與比喻不慎恰當也是一缺點。

至於獲選優勝作品《網軍部隊》，則一致獲得指責性文筆的稱讚，網路言論之一的 SNS 具有即時溝通的傳遞效果，帶來新的即時參與討論的正面功能，卻也有以特定邪惡目的的參與，導致整個社會出現負面的影響，與納粹德國肆無忌憚的偽造公民作為相似。作者用輕快、靈活的文體，以及流暢的故事內容、縝密的採訪現場，獲得評審一致的青睞。並讓政治黑暗勢力介入偽造言論，用其廣博的知識與豐富的想像力，讓我們能夠感受到栩栩如生的政治狡猾與惡劣陰謀。作者以積極的筆觸展現暴力、卻又渴望和平的這部作品，與四‧三和平精神契合，所以能夠獲得為優勝作品。

同時感謝參與本次公開小說評選的所有作品，也恭喜優勝作品。

## ▎關於出處

　　這篇小說完全是虛構的，或許小說中會出現一些現實中有的人物、團體或是網路社群名稱，但所有內容都是我編纂的。如果出現熟悉的名稱的話，也請原諒我這位充滿野心的小說家，我並沒有想要污辱或是批判某個人或團體的意思，而我本人不認同小說中出現的任何想法，也不支持任何人物。

　　三宮、車塔卡、01查10這三個名字是我的小說集《光之人》收錄的短篇作品〈殺死苦命女〉當中的人物名稱，他們在短篇小說中是以阿爾萊為名活動，專門偽造網路輿論。

　　《網軍部隊》一書的點子，來自於二〇一二年國家情報院的疑似偽造輿論事件[註27]，我有一段時間是不相信那些疑似說法，後來知道詳情之後受到很大的衝擊。

　　一開始阿爾萊的傑作是從《今天幽默》（www.todayhumor.co.kr）中的一篇文章開始，文中闡述一間菸草公司在網路上，以假的帳號偽裝出一位年輕的女性積極宣傳公司的產品，而這行為是病毒行銷的手法。目前該篇文章已經消失，但若檢索關鍵字「令人起雞皮疙瘩的網路宣傳廣告」的話，可以看到那件事情的懶人包。

　　2009年6月30日發刊的《Week京鄉》（現為《週刊京鄉》）封面標題「線上社群『抵抗的大本營』」中，獲得一些關於合包會的想法，想著「若有一股勢力暗中策動的話，究竟是用何種策略呢？」，

---

註27：2012年韓國總統大選時，國情院以國民稅金養了一批網軍部隊（約35個組別、3500位），用以影響選舉。2018年9月13日也有一部紀錄片電影《THE BLACK》上映，就是在講述這個事件。

而這篇新聞就成為小說中提及的 K 報社的報導模型。

　　小說中阿爾萊破壞攻擊的恩末留言板、Jumdacafe、SANGKEO、MAHOL 等網站為模型，多數都是這些網站曾經發生過的情況，但盡量避免談及這些社群網路的名稱或是網址，小說中的設定情況是所有發生事件的合體，並以較誇張的方式描述。

　　參考最多的是網站 rigvedawiki（rigvedawiki.net），特別是筆戰、基礎網頁、網路和睦假象、陣營論戰、政治正確、IP、虛擬 IP、個人資訊外洩、諜對諜等等。

　　「移民者之歌」是於 Eli Parisa《思想操作者》一書中得知的，不過歌詞內容是我創作的；「摩根森家族計畫」則是從 Martin Lindstrom《是誰操縱我的錢包》一書中知曉；南山老人說的「社會的氣氛不是經濟發展的結果而是原因，企業貪污的消息不是經濟不景氣的原因，是因為當景氣不佳時，人們才會對企業貪污感到憤怒。」是 John L. Casti《大眾的直覺》一書中的主張。

　　車塔卡所說的網路新聞刊登的方式，或是既有輿論媒體的網路新聞部門的部分，是我的創作。

　　某男子於首爾明洞拍攝的撕毀 The North Face 羽絨衣的「北撕男」影片，實際上有出現於 YouTube、潘朵拉 TV（www.pandora.tv）等網站。屍體遊戲、自拍遊戲、羽絨衣遊戲、情侶遊戲、玩命單桿、火車衝浪等國內外十幾歲孩子的危險玩命遊戲，是透過網路得知，「耳後甩頭髮舞」則是四人女子團體 BADKIZ 的歌曲《耳後甩頭髮》。

　　各章節的標題名稱是保羅·約瑟夫·戈培爾（Paul Joseph Goebbels）的語錄，不過都是網路上流傳的文字，所以也不能確定真的是戈培爾說的話。

# 網軍部隊
## 댓글부대

作　　　者／張康明（장강명）
譯　　　者／陳聖薇
美 術 編 輯／孤獨船長工作室
責 任 編 輯／許典春・簡心怡
企畫選書人／賈俊國

總　編　輯／賈俊國
副 總 編 輯／蘇士尹
編　　　輯／高懿萩
行 銷 企 畫／張莉滎・廖可筠・蕭羽猜
發　行　人／何飛鵬
法 律 顧 問／元禾法律事務所王子文律師
出　　　版／布克文化出版事業部
　　　　　　臺北市中山區民生東路二段 141 號 8 樓
　　　　　　電話：(02)2500-7008 傳真：(02)2502-7676
　　　　　　Email：sbooker.service@cite.com.tw
發　　　行／英屬蓋曼群島商家庭傳媒股份有限公司城邦分公司
　　　　　　臺北市中山區民生東路二段 141 號 2 樓
　　　　　　書虫客服服務專線：(02)2500-7718；2500-7719
　　　　　　24 小時傳真專線：(02)2500-1990；2500-1991
　　　　　　劃撥帳號：19863813；戶名：書虫股份有限公司
　　　　　　讀者服務信箱：service@readingclub.com.tw
香港發行所／城邦（香港）出版集團有限公司
　　　　　　香港灣仔駱克道 193 號東超商業中心 1 樓
　　　　　　電話：+852-2508-6231 傳真：+852-2578-9337
　　　　　　Email：hkcite@biznetvigator.com
馬新發行所／城邦（馬新）出版集團 Cité (M) Sdn. Bhd.
　　　　　　41, Jalan Radin Anum, Bandar Baru Sri Petaling,
　　　　　　57000 Kuala Lumpur, Malaysia
　　　　　　電話：+603-9057-8822 傳真：+603-9057-6622
　　　　　　Email：cite@cite.com.my
印　　　刷／卡樂彩色製版印刷有限公司
初　　　版／2019 年 1 月
售　　　價／300 元
I S B N／978-957-9699-62-4

城邦讀書花園　布克文化
www.cite.com.tw　www.sbooker.com.tw